Eigentlich schnüffelt die Geisterjägerin nur ungerne in den Problemen anderer Menschen herum. Die Lebenden sind ihr suspekt. Die Toten sind allerdings auch nicht immer von der angenehmsten Sorte. Und die Krähen, ihre Verbündeten im Kampf gegen renitente Geister, haben ihre eigene Agenda und man kann von Glück sagen, wenn sie überhaupt bei einem vereinbartem Treffpunkt auftauchen. Zum Glück gibt es den Großstadt-Hexenzirkel, in dem es sich vortrefflich über die Kundschaft lästern lässt. Dabei gibt es hier allerdings auch die eine oder andere angenehme oder unangenehme Verwicklung.

Chris* Lawaai schreibt queere Science Fiction und Urban Fantasy. Neben der schriftstellerischen Arbeit begeistert sier sich für Sprachen und Aikido, jobbt als Buchhalter*in und bastelt mit Papierund Audioformaten. Sier lebt in Berlin-Neukölln und twittert unter @flausensuppe.

Chris* Lawaai
       Die Geisterjägerin

Drei Kurzgeschichten

Bibliografische Information der Deutschen Nationalbibliothek: Die Deutsche Nationalbibliothek verzeichnet diese Publikation in der Deutschen Nationalbibliografie; detaillierte bibliografische Daten sind im Internet über dnb.dnb.de abrufbar.

Herstellung und Verlag: BoD – Books on Demand, Norderstedt

ISBN: 9783754332085

Inhaltsverzeichnis

1.
Wie spukt es in diesem Haus?

Lustlos radelte ich den Berg hoch. Die Schwerkraft, schlecht aufgepumpte Reifen und eine vor Urzeiten zum letzten Mal geölte Kette hatten sich gegen mich verbündet. Mein Gefährt quietschte und ratterte über das Kopfsteinpflaster. Dazu schwitzte ich stark und hoffte inständig, dass der Patchouli-Duft das überdecken würde. Das unbeständige Herbstwetter war schwer einzuschätzen und ich hatte ziemlich viele Schichten übereinander angezogen, als ich aus dem Haus ging. Jetzt war mir viel zu warm, aber ich hatte keine Zeit mehr, anzuhalten und etwas auszuziehen.

Einfamilien-Reihenhäuser zu beiden Seiten der Straße mit akkuraten Vorgärten waren nun freistehenden kleinen Villen mit größeren Gärten gewichen, die wahrscheinlich romantisch-verwildert wirken sollten. Auch zwischen dem Kopfsteinpflaster wuchs Gras. Hohe Alleebäume begannen, ihre gelben Blätter abzuwerfen. Hier war ich schon lange nicht mehr gewesen. Keine Ahnung wie sich jemand, der hier wohnte, auf meine Internetseite verirrt hatte.

Die Steigung nahm ab, ich hielt an und schaute nochmal auf der OpenStreetMap-App nach. Anscheinend war ich noch auf dem richtigen Weg. Eine tiefe Schwere überkam mich. Ich hatte keine Lust auf diesen Job. Viel lieber hätte ich mich auf den Rand des Gehsteigs gesetzt und eine

Sprachnachricht an Gröbert gesendet. Immer, wenn ich keine Lust hatte zu arbeiten, musste ich an ihn denken. Aber nie, wenn ich Zeit hatte.

„Los los", redete ich mir gut zu und trat ordentlich in die Pedale, um die verlorene Zeit aufzuholen. Ich war schon ein bisschen zu spät. Schließlich hielt ich vor einem weißen Gartenzaun, von dem die Farbe abblätterte und schloss mein Fahrrad an.

Eine Frau stand schon in der Tür der hellblauen, mit sich bereits rot färbendem Wein bewachsenen Villa. Sie hatte ihre langen grauen Haare zu einem Pferdeschwanz gebundenen und sah aus, als hätte sie sich aus dem Hess Natur-Katalog eingekleidet. Dazu lächelte sie sympathisch. Ich konnte sie jetzt schon nicht leiden. Bei solchen Leuten spukte es fast nie. Man musste sie entweder bescheißen oder war ganz umsonst gekommen.

„Frau Jenssen?", rief sie laut. Ich nickte und sie eilte zur Gartentür, um sie aufzuschließen.

Sie redete auf mich ein, während wir hineingingen, zwitscherte wie eine Lerche im Singflug, was nicht ganz zu ihrer stattlichen Figur passte. Lauter unwichtiges Zeug über das Wetter, ihren Garten, den beginnenden Herbst. Ich sah mich in Ruhe um. Alles bei ihr war gemütlich eingerichtet: Holz, weiche Stoffe, schöne Farben, vor allem grün, gelb und orange. Alles sauber. Wie sie das bloß immer machten, wahrscheinlich hatte sie jemanden dafür.

Sie ließ mich in einem Sessel Platz nehmen und schenkte Tee ein, der schon bereitstand; irgend so ein neumodisches Zeug mit albernem Namen, Überbordende Freude oder so. Ich nahm einen Schluck, sie redete immer noch.

Sie hatte einen Kamin, der allerdings nicht an war und ziemlich viele Pflanzen. Wahrscheinlich lebte sie alleine hier, ich konnte nicht die Handschrift einer anderen Person in dem Raum entdecken. Was machte sie bloß mit den anderen Räumen?

Schließlich ließ sie eine Pause, endlich. Sie hatte wohl alles gesagt, was ihr einfiel, um das Eis zu brechen - die Gelegenheit, um das Thema anzubringen, weswegen ich hergekommen war. Da ich nicht pro Stunde bezahlt wurde, sondern sozusagen mit einer Fallpauschale, hatte ich keine Lust, noch etwas über Kürbissuppe, Bodennebel oder emsige Eichhörnchen im Garten anzuhören.

„Und wie spukt es in diesem Haus?" fragte ich.

Die Frau (ich musste leider feststellen, dass ich mir ihren Namen nicht gemerkt hatte) wurde still. „Ich glaube, es ist mein verstorbener Mann," sagte sie dann ernst.

„Woran merken sie das?"

„Man erkennt doch die Menschen, irgendwie fühlen sie sich alle besonders an. Ich wusste immer, ob er im Raum ist oder nicht. Und als er gestorben ist, habe ich immer noch seine Anwesenheit gespürt, das war noch mein altes Haus, wissen Sie, unser gemeinsames Haus in Hamburg." Sie sagte tatsächlich „Hamburch". „Ich bin dann umgezogen, hierher in dieses nette Häuschen vor zwei Jahren, ein Glück, dass ich es gefunden habe. Die Nachbarschaft ist auch echt nett. Und da habe ich ihn zuerst nicht mehr gespürt. Aber nach einiger Zeit, so nach fünf, sechs Monaten, war er wieder da."

„Dann lassen Sie uns doch einmal schauen." Ich öffnete meinen Rucksack und holte das Spukimeter heraus. Innerlich bereitete ich mich schon darauf vor, ihr zu sagen, dass eine Therapie sicher das Beste für sie sei. Bestimmt hatte sie schon eine gemacht. Aber noch eine konnte ja nicht schaden. Ich drehte an den Knöpfen herum, stimmte sozusagen mein Instrument, brachte es auf einen möglichst neutralen Zustand. Allerdings redete die Frau immer noch, sie spekulierte, wie seine Seele ruhelos umhergewandert sein musste, um sie nach ihrem Umzug zu suchen. Mitten im Winter, im Kalten und Dunkeln, ganz alleine, hunderte von Kilometern wie eine ausgesetzte Katze.

„Sie müssen jetzt mal kurz still sein", sagte ich ihr, „sonst kann ich mein Gerät nicht ordentlich vorbereiten."

„Entschuldigen Sie. Wissen Sie was, ich habe noch einen Kuchen in der Küche. Kürbiskuchen. Ich hole den mal."

Als sie wiederkam, war ich fertig.

„Sehen Sie schon was?" fragte sie.

„Nein, aber gleich." Ich versuchte, ganz ruhig zu bleiben. Wie immer, bevor ich das Spukimeter befragte, war ich plötzlich aufgeregt, obwohl es diesmal ganz sicher nichts anzeigen würde. Jeder Spuk war anders. Und jeder war eine Herausforderung. Ich setzte meine Kopfhörer auf und drückte den grünen Knopf.

Da war es, ganz deutlich. Das Pochen eines toten Herzens. Es pulsierte in einem unangenehmen Rhythmus, aufgeregt, drängend. Wusste der Untote, dass ich ihn entdeckt hatte?

Ich nahm die Kopfhörer ab und sah mich in dem Raum um. Nichts verriet die Anwesenheit des Geistes. Andererseits - die Frau, die mir gegenüber auf ihrem Sofa saß und die so aussah, als habe sie alles, was man zu einem guten Leben braucht, hatte es irgendwie gespürt. Sonst hätte sie mich nicht gerufen.

„Wie war Ihr Mann so... als Mensch?", fragte ich. „Ich meine, als er noch gelebt hat."

Stumm leistete ich Abbitte, denn natürlich gehörte es sich eigentlich nicht, über Anwesende in der dritten Person zu sprechen. Ich dachte wieder an Gröbert, dessen Steckenpferd diese Regel war. Wie oft hatte er betrunken gegrölt: „Man zeigt nicht mit nacktem Finger auf angezogene Leute!", wenn wir zusammen unterwegs waren, nachts von der Tanke noch ein Bier holen oder so. Während meine Auftraggeberin noch zu überlegen schien, nahm ich einen Schluck des Kräutertees, der ganz okay schmeckte. Viel Süßholz, dazu Melisse und etwas Erdiges. Beruhigend.

„Er war ein ganz Lieber", sagte die Frau. Sie hatte ihre lavendelfarbene Strickjacke fester um sich gezogen, als würde sie frieren. „Ein ganz Lieber! Aber er wusste, was er wollte." Sie sah mich forschend an, als wolle sie an meinem Gesichtsausdruck ablesen, ob ich mit diesen Plattitüden zufrieden war. Natürlich nicht. „Ich habe ihn sozusagen geschäftlich kennengelernt", fügte sie noch hinzu, dann verfiel sie wieder in Schweigen. Die Zeit verrann zäh.

„Wie haben Sie ihn kennengelernt?", fragte ich. Während ich auf ihre Antwort wartete, die sie mir nur zögernd geben wollte, sah ich mich unauffällig im Raum nach Fotos von ihm um. Es gab keine.

„Sie dürfen ihn aber nicht verurteilen, wenn ich es Ihnen verrate", sagte sie schließlich.

„Ich bin nicht hier, um über Sie oder Ihnen Mann zu urteilen", antwortete ich ausweichend, was ja auch stimmte. „Ich bin hier, um Ihnen zu helfen, wenn möglich."

„Er war mein Therapeut." Sie sah mich wachsam an. „Die meisten Leute waren nicht einverstanden damit, obwohl wir die Therapie beendet haben, nachdem es mit uns losgegangen ist. Da hatten wir natürlich schon ein paar Mal miteinander geschlafen." Wieder ein wachsamer Blick von ihr. „Das gehört sich natürlich nicht." Blick nach unten, Lächeln, Erröten.

Es fiel mir nicht schwer, einen neutralen Blick beizubehalten. Irgendwie berührte mich diese Geschichte überhaupt nicht. Ich fühlte mich abgetrennt, wie in einer Kapsel.

„Wie alt waren Sie da?", fragte ich ohne großes Interesse, um das Gespräch am Laufen zu halten.

„Zweiundzwanzig."

„Und er?"

„Fünfzehn Jahre älter als ich."

„Wie lief Ihre Ehe?"

Sie lächelte, warm und traurig. „Gut. Sehr gut sogar. Er war wirklich ein ganz Lieber. Wir sind in eine andere Stadt gezogen, weil seine Kollegen alle geredet haben… Hamburch. Er ist da aufgewachsen. Ich mochte es. Aber wir haben beide nie Anschluss gefunden. Wir haben immer wieder versucht, andere Paare kennenzulernen, aber es hat nicht so richtig funktioniert. Am Ende waren wir uns halt selbst genug. Ein bisschen einsam war mir manchmal, ich hatte immer viele Freundinnen in meiner Jugend. Aber wir hatten ein schönes Loft-Appartement mit Blick auf die Binnenalster, dann eine Villa. Mein Mann hat viel gearbeitet und gut verdient. Er hatte einen hervorragenden Ruf, trotz seiner Liaison mit mir, er hat Bücher geschrieben, wichtige Fachbücher… Er war einfach ziemlich gut. Ich wollte zu Hause bleiben und Kinder kriegen. Das hat freilich nicht geklappt. Dabei hätte es mir die absolute Erfüllung gegeben, als Frau. Das hat mein Mann auch immer gesagt."

Der Faden riss wieder ab bei ihr. Ich blieb still, guckte neutral. Ein wenig fühlte ich mich wie ein Frosch, der wartete, bis eine Fliege nah genug an ihn heran kam. Oder war ich der nichtsahnende Frosch, auf den die Katze lauernd herabsah? Die Katze war in diesem Fall die Präsenz, der Geist, dessen Herzschlag mir unangenehm war. Vielleicht passte es ihm nicht, dass ich hier war, dass wir über ihn redeten. Während seine Frau gesprochen hatte, schien es, als sei er deutlicher geworden. Ich konnte ihn schon fast ohne Spukimeter hören.

„Dann kam der Krebs", sagte die Frau schließlich. „Fünf Monate dauerte es und er war tot. So schnell kann es manchmal gehen." Sie sah so aus, als würde sie nur nicht weinen, weil sie alle Tränen darüber schon vergossen hatte. Keine davon hatte etwas an den Tatsachen geändert. „Sein Tod war das Schlimmste, was mir je passiert ist." Sie sah mich an. Ich nickte. Es war die Wahrheit, ihre Wahrheit.

„Wie war es, als sie gespürt haben, dass er wieder da ist?", fragte ich.

„Zuerst habe ich mich gefreut, natürlich! Ich habe Blumen gekauft und mich hübsch gemacht. Endlich wieder die Bude aufgeräumt. Bei mir sah es aus, das glauben Sie gar nicht."

Wenn sie wüssten, dachte ich.

„Aber dann habe ich gemerkt, dass er sich verändert hat. Stark verändert. Er war - ist - derselbe, aber auch wieder nicht. Er war verbittert, hat mir Vorhaltungen gemacht. Pausenlos, Tag und Nacht!" Jetzt weinte sie wirklich. „Das hat er nie, als er noch gelebt hat. Er hat mich verdächtigt, heimlich die Pille genommen zu haben. Wo ist deine Liebe, habe ich ihn gefragt, ist sie mit deinem Körper gestorben? Wo ist deine Geduld, deine Sanftmut, dein Vertrauen? Aber er hat immer weitergemacht. Ich hätte ihm alles genommen, was er sich im Leben gewünscht hätte, mit meiner Unfruchtbarkeit. Meinetwegen sei er gescheitert als Mensch. Dann bin ich umgezogen. Das wollte ich mir nicht länger anhören. Das ist einfach nicht gerecht!" Durch ihre Tränen, durch ihr verschmiertes Make-Up, funkelte sie mich erbost an. „Aber jetzt ist er wieder da und ich weiß einfach nicht, was ich machen soll. Kann er nicht wieder werden wie vorher? Ich meine, ich würde mich ja freuen, dass er da ist, aber so ertrage ich es einfach auf die Dauer nicht."

„Niemand wird je wieder so wie vorher", sagte ich ungewollt grob. Meine Kundin sah mich konsterniert über ihre Teetasse hinweg an wie ein kleiner Welpe, der drauf und dran ist, von einem Bulldozer überfahren zu werden. Dabei wusste sie es längst selbst. Sie war alt genug. Aber sie war es anscheinend nicht gewohnt, dass man so mit ihr redete, ohne Weichzeichner. Schnell schob ich eine Erklärung hinterher. „Zu sterben, verändert einen Menschen. Meistens nicht zum Besseren. Es tut mir leid, das so zu sagen. Der Schmerz des Loslassens, der Kontrollverlust, Desorientierung angesichts der neuen Lebens… äh… Situation. All das, Sie können es sich vielleicht vorstellen."

Sie nickte und eine weitere Träne rollte mascarageschwärzt über ihre Wange.

„Ich kann Ihnen helfen, Ihr Haus wieder für sich zu haben", sagte ich. „Das würde allerdings einen Aufpreis kosten. Also zusätzlich zum Aufspüren des Geistes und der Beratung." Ich wollte nicht geldgierig klingen, aber ich wollte auch nicht, dass sie hinterher von der Rechnung überrascht war und womöglich nicht zahlte. Geisteraustreibung war ein mühseliges Geschäft und ganz sicher nicht mein Hobby.

„Geld ist mir nicht wichtig." Die Kundin winkte ab. „Aber was geschieht mit ihm? Muss er dann für immer draußen umherirren?"

„Das muss er selbst entscheiden", sagte ich. „Mit etwas Glück findet er nach Hause. Ins Totenreich, sozusagen. In sein neues zu Hause, wo er jetzt eigentlich hingehört."

Manchmal half es schon, darüber zu reden, um die Geister zu vertreiben. Sie nahmen den Wink mit dem Zaunpfahl dankbar entgegen und verließen die Stätte ihres Spuks.

„Also kann es sein, dass es ihm auch hilft?", fragte meine Auftraggeberin schließlich.

„Ja, auf jeden Fall. Dort wäre er unter seinesgleichen, er hätte eine angemessene Umgebung. Unter den Lebenden zu sein, kann ihn doch nur frustrieren." Es sei denn, er ist sehr boshafter Natur, dachte ich. „Es ist wie ohne Geld hungrig in einem Supermarkt herumzuirren." Ich wusste nicht, ob sie mit dem Vergleich etwas anfangen konnte, wahrscheinlich nicht.

Sie atmete tief durch und sah mir entschlossen ins Gesicht. „Dann machen Sie es!"

Wir verhandelten noch ein wenig über die Rahmenbedingungen. Eigentlich hatte ich zum Geistervertreiben die Bude gern für mich. Sie wollte aber gerne dabei sein. Das ging auf gar keinen Fall. Als Geisterjägerin hat man schließlich seine Grenzen. Und Hand auf's Herz, letztlich ist es zum eigenen Besten der Kundschaft. Ich glaubte nicht, dass sie die Details wirklich wissen wollte. Sie glaubte es nur gerne. „Auf gar keinen Fall lasse ich Sie alleine in meinem Haus!", beharrte die verweinte Lady störrisch. „Ich kenne Sie ja gar nicht. Das ist nichts Persönliches. Einen Klempner würde ich auch nicht alleine lassen."

Schließlich einigten wir uns darauf, dass sie im Haus sein würde, aber in ihrem Schlafzimmer in der oberen Etage, während ich hier unten mit dem Geist arbeitete. Wir machten einen Termin in der nächsten Woche aus. Das war ein guter Zeitraum für mich, um alles vorzubereiten, aber vielleicht auch für ihn, um sich von selbst aus dem Staub zu machen. Als ich die Villa verließ, schaute ich verstohlen auf ihr messingfarbenes Klingelschild, um mich an den Namen zu erinnern. Sie hieß von Euthin-Petzold.

Auf dem Rückweg beschloss ich, nun wirklich Gröbert zu besuchen. Ich war hungrig und müde, aber es musste ja nicht lange sein. Während es schon dunkel wurde, fuhr ich den Villenhügel mit ziemlicher Geschwindigkeit herunter - zum Glück hatte ich neulich wenigstens meine Bremse reparieren lassen - und kam noch schneller als gedacht bei dem Nobelhotel an, in dem er neuerdings logierte. Ich ging nur ungern dort hinein, deswegen ließ ich mir besonders lange Zeit dabei, das Fahrrad abzuschließen. Meine ausgewaschenen, schwarzen Klamotten kamen mir so unpassend wie irgend möglich vor, geradezu schrill, dabei hatte ich heute wegen des Besuchs bei der Kundin sogar meine geflickte Lieblingsjacke zu Hause gelassen. Als ich die Lobby betrat, warf mir der Portier nur einen müden Blick zu. Er kannte mich schon und hatte nichts gegen mich. Ich nickte ihm zu und setzte mich in einen der Sessel am Fenster.

Bald spürte ich Gröberts Anwesenheit. Er war mir so vertraut, dass ich ihn fast vor mir sehen konnte. In verwaschenen schwarzen Klamotten, wie ich, saß er mir gegenüber in einem der makellosen Ledersessel, eine Zigarette aus Jean Barth Halfzware drehend. Er zündete sie an. Wie ich roch der Portier den Zigarettenrauch, er warf mir einen misstrauischen Blick zu. Ganz offensichtlich rauchte ich nicht. Und ganz offensichtlich war ich allein.

Das Erdgeschoss des Nobelhotels war mal eine linke Eckkneipe gewesen, bis vor drei Jahren. Darüber hatten WGs gewohnt. Damals wurde der Laden geräumt, unter großem Polizeiaufgebot. Ich hatte mich gewundert, wie viel Blut, Schweiß und Tränen diese Leute in den Kampf um ihre Kneipe steckten, es war doch bloß ein Ort zum Biertrinken, das konnte man doch auch woanders tun. Sie hatten monatelang mobilisiert, mit einer solidarischen Anwältin zusammengesessen, plakatiert, gestritten. Alles umsonst. Gröbert hatte es nie verwunden. Nach der Räumung war er bloß noch der Schatten seiner selbst, obwohl er nur ein paar Mal die Woche dort ausgeholfen und sonst vor allem als Gast dort gewesen war.

„Vielleicht tut es dir ganz gut, dass der Laden jetzt weg ist", hatte ich zu ihm gesagt, auf seine Alkoholsucht anspielend. Wir stritten uns heftig, ich wollte ihn zu einer Therapie überreden. Aber so nah wir uns auch waren, als Mitbewohner*innen und Freund*innen, manche hielten uns sogar für Liebende - ich konnte ihm da nicht helfen.

Ende Oktober, zu Halloween, nahm ich ihn mit in das Haus am See, in das ich jedes Jahr um diese Zeit für ein paar Tage fuhr, um mir selbst nahe und den Geistern fern sein. Hier, wo kaum ein Mensch sich aufhielt, hockten sie nicht so dichtgedrängt wie in der großen Stadt. Gröbert kam mir fast selbst vor wie ein Geist, schweigsam und verdrossen. Ich hatte ihn überredet, die vielen Geschichten aufzuschreiben, die er mit der Kneipe verband. All die Liebe, den Schabernack, die Ausdauer und die Wut zu einem Buch zu machen. „Das ist jetzt alles weg!", hatte er mich angebrüllt, als ich wieder mal nicht verstanden hatte. „Dann schreib es auf!", hatte ich zurückgebrüllt. Also hatten wir seine alte Schreibmaschine im Gepäck, die wir mühsam abwechselnd in ihrem Plastikkoffer trugen. Ein richtig schweres, altes Ding, immerhin schon elektrisch. Keine Ahnung, warum er nicht einfach einen Laptop nahm.

Ich hatte ihm meinen angeboten für die Zeit, aber den wollte er nicht.

Eine Woche blieben wir dort, er schrieb jeden Tag viele Stunden, rauchend und Rotwein trinkend wie die Karikatur von einem Autor. Ich machte lange Spaziergänge, sammelte Pilze und Beeren, solange es hell war, wir machten jede*r unser eigenes Ding. Am letzten Abend, es war schon dunkel, nahm er sein Manuskript mit in den Garten am See. Ich sah aus dem Fenster, er hatte ein Feuer entfacht. Als ich vor die Tür trat, standen die maschinenbeschriebenen Blätter schon in Flammen. Keine zwei Monate später war Gröbert tot.

„Es wird Zeit, dass Sie gehen. Der Chef wird gleich kommen." Der Portier war leise von der Seite an meinen Sessel herangetreten. Er musterte mich aufmerksam, vorwurfsvoll, als habe er mich doch beim Rauchen ertappt. Gröbert lachte sich kaputt auf seinem Ledersessel.

Ich verabschiedete mich rasch und radelte nach Hause, wo ich mir eine Tiefkühlpizza in den Ofen schob. Beate, meine neue Mitbewohnerin, war nicht da, die Wohnung war kalt, dunkel und still. Warum spukte Gröbert auch in diesem verdammten Hotel und nicht hier, wo er wirklich fehlte? Nicht einmal anschreien konnte ich ihn dafür, es war einfach ungerecht.

Schmollend verbrachte ich einen Abend vor Netflix, aber am nächsten Tag begann ich schon mit den Vorbereitungen für meinen Job auf dem Villenhügel. Ich wanderte durch die Straßen und Parks meines Viertels, drehte meine üblichen Runden und beobachtete die Krähen. Sie waren viel zu satt dieser Tage, kaum eine hatte Lust, sich mit mir auf einen Handel einzulassen. Diejenigen, die ich gewinnen konnte, sagten nur aus Neugier zu - eine unsichere

Geschichte. Ich würde mich umso mehr bemühen müssen, damit zumindest ein paar von ihnen am fraglichen Tag bei von Euthin-Petzolds Villa auftauchten. Geflissentlich bot ich ihnen Nüsse und andere Leckereien an. Die meisten suchten lieber im nächsten Mülleimer nach einem weggeworfenen Brötchen oder pickten den Milchschaum aus fallengelassenen Latte-Macchiato-Bechern.

In einem Zoofachgeschäft kaufte ich eine kleine weiße Maus mit roten Augen, von der ich hoffte, dass ich sie nicht brauchen würde. Diese hatte einen kleinen schwarzen Fleck über dem linken Auge und ein paar dunkle Schnurrhaare, daher kam sie mir besonders vor.

Gröbert hätte mich sicher darauf aufmerksam gemacht, dass sie mir alle besonders vorkamen und das stimmte wahrscheinlich sogar. Beate hingegen interessierte sich nicht für das, was ich dachte, uns verband nichts als eine gewisse Seltsamkeit und klamme Kassen, wir waren uns aber sympathisch genug, um es gut miteinander auszuhalten. Meine Maus, die ich pragmatisch Maus Nr. 35 nannte, war ihr egal, schließlich stand ihr kleiner Käfig in meinem Zimmer.

Jeden Tag drehte ich meine Krähenrunde und am Ende hatte ich sieben, die fest zugesagt hatten. Jetzt mussten sie nur noch den Ort und die Zeit hinbekommen. Aber wenn von denen nur zwei oder drei auftauchten, war das schon mal gar nicht so schlecht. Mit einer von ihnen hatte ich schon oft zusammengearbeitet, sie war alt, schlau und verspielt. Einmal hatte ich gesehen, wie sie sich gemeinsam mit ihren Schwestern auf einen Greifvogel gestürzt hatte, der eine Möwe schlagen wollte. Die anderen erkannte ich nicht, sie hatten schwarz glänzende Flügel und blanke Schnäbel wie fast alle ihre Artgenossen.

Als ich wieder mit meinem Fahrrad den Villenhügel hinauf fuhr, war ich aufgeregt wie vor einem Kampf. Meine Kurzatmigkeit ließ mich noch mehr mit dem Berg kämpfen als letztes Mal, schließlich rutschte auch noch der Vorderreifen auf nassem Laub weg und ich wäre fast gestürzt. Zum Glück konnte ich mich noch abfangen, zitternd und keuchend stand ich auf dem glitschigen Kopfsteinpflaster. Die Maus in ihrem kleinen Transportkäfig hinten in meinem Rucksack erschreckte sich bestimmt total über das Geruckel. Ich verschnaufte auf dem Gehweg und wartete, bis meine Knie nicht mehr so weich waren, bevor ich meinen Weg fortsetzte.

Über mir zogen drei Krähen dahin, sie riefen mir mit ihren tiefen heiseren Stimmen Schabernack zu. Das gab mir neuen Mut und ich fuhr weiter.

Obwohl ich erst einmal dort gewesen war, fand ich das blaue Haus sofort wieder. Frau von Euthin-Petzold rechte im Garten das Laub zu einem goldenen Haufen, die grauen Haare zum Knoten zusammengebunden. Sie winkte mir freundlich zu, als ich sie rief und kam zum Gartentor, um mich einzulassen. Die drei Krähen waren nirgendwo zu sehen, vielleicht war es auch nur Zufall gewesen, dass sie meinen Weg gekreuzt hatten. Nur ein Rotkehlchen saß im fast kahlen Apfelbaum und äugte auf uns herab.

„Schön, dass Sie da sind! Ich habe einen Kuchen gebacken." Auf dem Treppenabsatz zur Veranda stand ein großer, orangener Kürbis, in den eine freundliche Fratze geschnitzt worden war. Alles sah nach heiler Welt aus, so wie beim letzten Mal.

Wir setzten uns ins Wohnzimmer und sie tischte mir Tee und Kuchen auf. Diesmal war es Käsekuchen mit Pfirsich. Ich hoffte schon, dass sie mir absagen würde, aber mit ernstem Gesicht verkündete sie mir ihre Entscheidung.

„Bitte machen Sie, dass er geht. Ich kann es nicht mehr ertragen. In der letzten Woche hat er mich gequält wie noch nie. Das habe ich wirklich nicht verdient."

Bei genauem Hinsehen hatte sie Augenringe und auf ihrer Strickjacke waren Flecken. Ihren Kuchen rührte sie nicht an, ich hingegen ließ es mir schmecken. *Henkersmahlzeit*, dachte ich. *Die Frage ist nur, für wen.*

Ich kalibrierte das Spukimeter, dann horchte ich in den Raum. Der Herzschlag war noch da. Intensiv, aufdringlich. Wahrscheinlich auf Krawall gebürstet.

„Dann lassen Sie mich mal alleine", sagte ich. „Vielleicht brauche ich ein paar Stunden, ich sagen Ihnen dann Bescheid, wenn ich hier fertig bin."

„So lange!", rief sie entsetzt aus.

„Ja, es kann schon etwas dauern, ich will es erstmal im Guten versuchen."

„Und wenn das nicht funktioniert?"

„Dann habe ich schon meine Mittel." Ich sah aus dem Fenster - nichts.

„Das klingt ja bedrohlich!"

„Keine Angst. Es sieht hier aus wie vorher, wenn ich fertig bin."

„Aber stöbern Sie nicht herum, während ich nicht im Zimmer bin!"

Ich schaffte es mit Müh' und Not, nicht die Augen zu verdrehen. „Auf keinen Fall", sicherte ich geduldig zu.

Zögernd verließ sie den Raum. An der Tür warf sie noch einen hastigen Blick zurück. Was stellte sie sich vor, dass ich auf ihr Sofa kackte?

„So", sagte ich zu dem Geist. „Letzte Chance zu gehen. Sie sind hier nicht mehr erwünscht, das haben Sie ja gehört."

Das Bild eines Mannes mit hochrotem Gesicht drängte sich mir auf, wie er schreiend vor mir stand. Spuckefetzen flogen aus seinem Mund. Von Undankbarkeit war die Rede, von Verrat. Ich spürte sein tiefes Unglück, seine Trauer und Verlassenheit, aber um ehrlich zu sein, das Mitleid hielt sich in Grenzen.

Ich sah aus dem Fenster. Und da waren sie. Drei Krähen saßen im Apfelbaum. Ich öffnete das Fenster und warf ihnen ein paar Nüsse hinaus. Aber sie reagierten nicht. Ernst starrten sie mich an. Sie waren gekommen, um sich etwas Anderes zu holen.

Ich schloss das Fenster erstmal wieder und holte die Maus aus meinem Rucksack. Sie hatte sich in einer Ecke des Transportkäfiges aus blauem Plastik zusammengekauert, ihre roten Knopfaugen wirkten blind. Ein Häufchen Elend. Und in dem Moment dachte ich: Zur Hölle mit dem alten Arschloch! Er war gekommen, um seine Frau zu quälen, nachdem er sie aus einer Machtposition heraus verführt und in ein einsames, unerfülltes Leben gezwungen hatte. Normalerweise hätte ich nun die Maus herausgeholt und sie getötet, damit ihre fliehende Seele dem Geist den Weg ins Totenreich wies. Aber ganz ehrlich, so viel Aufopferung hatte dieser Dreckskerl nicht verdient. Mein Herz schlug jetzt fast so schnell wie das seine vor Zorn. Ich steckte den Transportkäfig wieder in den Rucksack und hoffte, dass das arme Tier die Fahrt nach Hause überleben würde.

Dann öffnete ich das Fenster und ließ die Krähen herein.

„Ich bin nicht hier, um über Sie oder Ihnen Mann zu urteilen", hörte ich meine eigenen Worte als Echo in meinem Kopf, während meine drei Mitstreiterinnen ins Wohnzimmer flogen und mit gesträubtem Kopfgefieder die Lage sondierten. Eine stürzte sich sofort auf das Stück Kuchen, das Frau von Euthin-Petzold auf dem Tisch hatte stehen lassen. Die alte Kämpferin stieß ihren Schlachtruf aus, drei Mal: „Krah!", wobei sie den Hals nach vorne reckte, gebieterisch auf den Widersacher zeigend. Und von draußen flogen zwei weitere schwarze Vögel herein. Ich drückte mich in eine Ecke des Raumes und sah zu, wie sie den ehemaligen Psychologen einkreisten und zerfetzten.

Als sie sich wieder nach draußen aufgemacht hatten, löste ich mich aus meiner Ecke und schloss das Fenster. Ich hob drei herumliegende Federn auf und steckte sie in meinen Rucksack. Eine Krähe hatte leider auf das Sofa geschissen - als hätte Frau von Euthin-Petzold es geahnt! Ich versuchte, den Fleck mit etwas Tee und einem Stofftaschentuch, das ich von Gröbert geerbt hatte, zu entfernen, aber es gelang nicht ganz. Also schmierte ich etwas Kuchen darüber, das konnte schließlich mal passieren im Eifer des Gefechts. Dann holte ich das Spukimeter heraus und lauschte nach dem Geist. Er war fort, alles war still.

Erleichtert ließ ich mich in einen der Sessel sinken. Draußen wurde es schon dunkel, so spät war es schon im Jahr. Schlecht für mich, denn ich hatte kein Licht am Fahrrad. Vielleicht würde ich einen Teil des Weges schieben müssen. In diesem Moment war ich trotzdem zufrieden mit meinem Leben.

2.
Muffins und Musik

Es hatte sich schon um vier Uhr nachmittags nach Abend angefühlt, denn es war schon dunkel auf dem Nachhauseweg. Auf der Hauptstraße strahlte die Weihnachtsbeleuchtung ihre fake Wärme ab. Aber es war nicht kalt, ich schwitzte mir ziemlich einen ab mit meinen Einkäufen. Zu Hause warf ich die Taschen einfach auf zwei Stühle in der Küche und mich auf den Dritten. Ich war erledigt. Aber es half ja nichts. Lustlos verstaute ich die kühlbedürftigen Sachen in Kühlschrank und Eisfach und ging ins Schlaf- und Wohnzimmer, wo ich mich aufs Sofa setzte, Lebkuchen mampfte und desinteressiert das Chaos musterte. Bücher lagen überall herum, dazwischen Klamotten und das ein oder andere benutzte Geschirr. Immerhin gab es begehbare Wege zwischen Tür, Bett und Sofa, das hatte ich schon mal anders gehabt. Aber das war in Zeiten physischer Tonträger gewesen, als zusätzlich noch Kassetten und CDs herumgelegen hatten. Nur mit meiner Plattensammlung schaffte ich eine konstante Ordnung.

Ich muss gar nichts ändern, dachte ich. Die Zeit macht es mir einfacher. In fünf Jahren habe ich vielleicht einen E-Reader und es liegen nur noch Klamotten und Geschirr herum. „Per Anhalter durch die Galaxis" in fünf Bänden und Tony Morrisons Gesamtwerk warfen mir aus dem Regal finstere Blicke zu.

Es klingelte. Das war bestimmt die Post, sie klingelten oft bei mir, weil ich viel zu Hause war. Die Paketboten wussten das schon. Ich hatte diesmal keine Lust aufzumachen und ignorierte sie. Es klingelte wieder.

Maus Nr. 35 kruschtelte in ihrem Käfig im Arbeitszimmer herum. Vielleicht brauchte sie Wasser. Ich stand auf, um nachzusehen. Das Arbeitszimmer war noch kahl und relativ uneingerichtet, hier hatte bis vor kurzem noch Beate gewohnt. Aber vor zwei Wochen war sie überstürzt zu ihrem Freund gezogen. Ich musterte die Leere und überlegte, ob ich vielleicht ein Bücherregal neben den Schreibtisch stellen wollte, da klingelte es zum dritten Mal. Beherztes Klopfen verlieh dem Wunsch, die Wohnung zu betreten, Nachdruck.

Jetzt fiel es mir wieder ein! Mein Großstadt-Hexenzirkel tagte heute, und zwar bei mir! Peinlichst berührt öffnete ich die Tür. Es war Thilda, sie hielt eine große Schüssel in den Händen und ihre Augen blitzten vergnügt.

„Na, du warst wohl unter der Dusche?" Sie musterte mich und merkte wohl selbst, dass dies nicht der Fall gewesen sein konnte.

„Komm doch rein", sagte ich. „Tut mir leid, ich hab's total verschwitzt, hab' nicht mal aufgeräumt." Ich ließ sie auf dem Sofa Platz nehmen und trug hastig Zeugs vom Wohn- ins Arbeitszimmer, wo ich das meiste einfach auf den Boden warf. Thilda bot mir an, zu helfen, aber das war mir zu unangenehm. Also umklammerte sie ihren Salat und sah mir zu.

Es klingelte erneut. Ich eilte zur Tür. Es war Grit, auch sie hatte eine Schüssel dabei. Es brachten immer die, die nicht Gastgebende waren, etwas zu Essen mit. Ich ließ Grit neben Thilda auf dem Sofa Platz nehmen. Zu spät fiel mir ein, dass die beiden sich nicht ausstehen konnten. Sie hatten letzten Sommer eine kleine Romanze miteinander gehabt, die wohl nicht im Guten geendet war. Die Einzelheiten kannte ich nicht.

Egal, sie waren ja schon groß, sagte ich mir, während ich Teewasser aufsetzte und lud Teller und Besteck auf ein Tablett. Zwischendurch füllte ich noch Maus Nr. 35s Trinkröhrchen auf, das tatsächlich leer war.

Wieder klingelte es. Diesmal waren es Saskia und Enno, die sich wohl vor der Tür getroffen hatten. Jetzt waren wir komplett. Ich drückte beiden je einen Stuhl aus der Küche in die Hand und brachte selbst den dritten mit, auf dem ich das Tablett balancierte.

„Du hast es doch nicht vergessen?", fragte Saskia mit hochgezogenen Augenbrauen - eine absolut unnötige Frage, die ich einfach ignorierte.

Ich servierte Tee, es gab Kartoffelsalat mit veganen Frikadellen und Gemüseschnitzen und wir erzählten von unseren Projekten. Das Treffen kam stockend in Gang, aber als die Erste in Fahrt geriet über eine schwierige Klientin, die sie gerade mit Ach und Krach und fast gegen ihren Willen von einer Depression geheilt hatte, konnte sich niemand mehr halten. Wir lästerten nach Herzenslust über unsere Kund*innenschaft, das war doch einer der Gründe, warum wir zusammen kamen. Grit, die eine Coaching-Ausbildung hatte, nannte das immer „kollegiale Supervision".

Enno fand es kalt, ich drehte den Heizkörper auf die höchste Stufe, Saskia und Thilda zogen die Pullis aus. Grit kredenzte ihre Muffins, sie waren der Nachtisch und trieften vor Schokolade.

„Geil, danke, du bist die Beste!" Saskia flippte fast aus vor Freude, Thilda warf ihr einen bösen Blick zu. Ich ging schnell neuen Tee machen und hoffte, dass noch einer von den Muffins übrig blieb. Gerade bei Saskia konnte man nie wissen, ihr drahtiger Körper verbrannte Essen so schnell, dass es kaum zu glauben war. Aber ich hatte Glück. Enno rantete über einen widerspenstigen Hundebesitzer, er war Tierheiler und seine Kund*innen waren oft sein größtes Problem.

Beherzt biss ich in den Muffin. „Boah, die sind aber wirklich lecker!", rief ich aus. „Sogar gefüllt!" Ich schwelgte in Nougatcreme.

„Oh nein, das sollte aber eigentlich nicht sein", rief Grit bestürzt.

„Hä, wie? Na ja, jetzt ist es zu spät." Ich hatte den Muffin schon aufgegessen.

„Oh je, hatte noch jemand anderes einen gefüllten?" Grit sah sich beunruhigt um.

Mir wurde etwas flau im Magen. „Grit, was ist los?"

„Ich glaube, du hast einen von den Haschmuffins erwischt", sagte sie kleinlaut.

„Oh, ich glaube, ich auch." Saskia guckte betroffen. „Was machen wir denn jetzt?"

Enno lachte. „Abwarten!" rief er gut gelaunt. Der hatte gut Reden. Blöder Arsch.

„Ich bin ganz neidisch. Warum haben wir die nicht geteilt?", fragte Thilda.

„Weil die nicht für euch waren. Die waren für meine WG, für heute Abend!" Grit sah mürrisch aus, als hätten wir ihre Haschmuffins vorsätzlich gestohlen.

„Ich glaube, es hackt! Du gibst uns Drogen gegen unseren Willen und machst uns dann auch noch Vorwürfe!" Saskia funkelte sie böse an.

Ich hatte schon lange kein THC mehr konsumiert, aber das letzte Mal war ziemlich nice gewesen. Der Trip kam mir plötzlich wie ein Geschenk des Universums vor, genau das, was ich an diesem nervigen und uninspirierten Winterabend gebrauchen konnte. Ich würde meine Malfarben hervorholen und gute Musik auflegen, vorher musste ich allerdings diese verkrachten Existenzen loswerden. Immerhin hatte ich schon eingekauft.

Saskia sah mich panisch an. „Was passiert jetzt, was machen wir denn jetzt?", fragte sie. Ich erläuterte ihr meine Pläne. „Du hast noch 'ne halbe Stunde, um nach Hause zu kommen. Wenn es gut läuft, ein bisschen mehr. Ich hoffe, du hast was Leckeres zu Essen da."

Ich dachte an die käsetriefende Tiefkühlpizza, die ich mir gleich in den Ofen schieben würde.

„Was, nein, so kannst du mich nicht nach Hause schicken!" rief Saskia entsetzt.

„Willst du etwa hier bleiben?"

„Ich gehe mal", verkündete Grit, schnappte sich ihre Schüssel und verließ meine Wohnung ohne weitere Worte des Abschieds.

„Du kannst mit zu mir kommen", bot Thilda an und lächelte süß. Meine Güte, wollte sie jetzt etwa auch noch was mit Saskia anfangen? Ihr leicht schmachtender Blick ließ es vermuten.

Saskia blickte mich an wie ein verletztes Reh, ihre warmen braunen Augen weit aufgerissen.

„Na gut, du kannst bleiben", sagte ich genervt. „Aber ihr anderen geht jetzt bitte. Ich will mich hier noch gemütlich einrichten für den Rausch."

„Ich kann auch hier bleiben und Haschsitter spielen," bot Enno an.

„Auf gar keinen Fall!" Wo war der Spaß, wenn jemand mit der Stimme der Vernunft von der Seite in mein Ohr blökt. Ich warf sie alle raus.

„Und jetzt?" Saskia saß ungemütlich auf ihrem Stuhl.

„Ich weiß nicht. Was machst du gerne, wenn du high bist?"

„Ich war noch nie high."

„Aber hast du da Lust drauf?"

„Ein bisschen schon. Aber ich habe auch Angst davor. Danke, dass du mich nicht alleine nach Hause hast gehen lassen."

„Ich kann dir ein paar Orangen geben. Das bremst den Flug vielleicht etwas ab. Dann kommt es nicht ganz so doll. Vielleicht passiert auch gar nicht so viel. Keine Ahnung, wie stark Grit ihre Muffins gemacht hat und was da für Zeugs drin ist."

„Was, ich dachte Haschisch!"

„Ja, aber…", hob ich zu einer Erklärung an, überlegte es mir dann aber anders. Ich wollte die kostbare Prä-Rausch-Zeit nicht mit einem Drogencrashkurs verschwenden. „Haschisch ist nicht gleich Haschisch."

Ich ließ sie die Stühle zurück in die Küche tragen unter dem Vorwand, dass auch körperliche Betätigung half. Freudig aufgeregt kramte ich nach meinen Malfarben und legte Janis Joplin auf.

„Und was machen wir jetzt?", fragte Saskia, ratlos in der Tür stehend. Verdammt, würde sie sich jetzt wie eine Fünfjährige benehmen, die ich permanent bespaßen musste?

„Was machst du denn, wenn du dich entspannen willst?", fragte ich.

„Ich nehme ein Bad."

„Aha! Das kannst du hier ja auch machen."

„Du hast eine Badewanne?"

„Ja, sie ist nicht so groß, aber für eine Person reicht sie. Vielleicht gibt es sogar noch Badezusätze."

„Aber ich kann doch nicht bei dir einfach baden!"

„Saskia." Ich nahm sie bei den Händen. „Wir kennen uns jetzt seit fünf Jahren. Als Gröbert gestorben ist, hast du mir ständig Essen vorbeigebracht und gesagt, dass alles wieder gut wird." Plötzlich, dies erinnernd, war ich ganz voller warmer Gefühle für sie. „Das war zwar Quatsch, aber du kannst verdammt nochmal wirklich in meiner Badewanne ein Bad nehmen. Vor allem, wenn es dir hilft, zu entspannen. Das ist nämlich jetzt das Wichtigste."

„Echt?" Wieder sah sie mich mit diesem Rehblick an. Oh je, das war ja kaum auszuhalten. Ich wusste nicht, ob ich genervt sein oder feucht im Höschen werden sollte. „Lass uns mal nachgucken, ob es nicht zu dreckig ist." Es ging eigentlich, zum Glück badete ich gerne genug, um die Wanne einigermaßen sauber zu halten. Etwas wehmütig dachte ich an Gröberts lästige Gewohnheit, seine schmutzige Wäsche darin zu deponieren. In meinem Badschränkchen war sogar noch ein Tütchen Badesalz, Rosmarin-Lavendel, bestimmt genau das Richtige.

„Lass mich nur vorher kurz noch mal pinkeln." Ich drehte das warme Wasser auf und scheuchte Saskia kurz hinaus.

Den Moment der Alleinzeit nutzend befragte ich mich selbst und stellte fest, dass ich es gar nicht mehr so schlimm fand, dass sie da war. Am Anfang war ich genervt gewesen, aber jetzt hatte ich sie sozusagen als mein Rauschküken akzeptiert. Komisch, dass sie sich als Kräuterhexe nicht mit sowas auskannte. Aber es gab ja auch Sachen im Geisterbereich, die ich aussparte, zum Beispiel Besessene zu exorzieren.

Ich spülte und suchte ein möglichst flauschiges großes Handtuch für Saskia heraus, das ich auf die Waschmaschine legte.

„Du kannst!"

Ich fand sie in der Küche, wo sie ein dick mit Butter beschmiertes Brot pfefferte.

„Was machst du da?"

„Ich habe im Internet gelesen, dass Pfeffer die Wirkung von Cannabis verringert." Die Kräuterhexe war wohl doch in der Lage, sich mit ihrem Wissen weiterzuhelfen. Oder so ähnlich.

„Aha. Na cool, bedien' dich. Das Bad ist jetzt auch frei. Ich bin im Wohnzimmer und spiele mit meinem Malkasten."

Zufrieden ging ich ins Wohnzimmer, drehte Janis Joplin etwas lauter und breitete die „Analyse und Kritik" von letztem Monat auf dem Boden als Malunterlage aus. Gut, dass ich vorhin noch, na ja, aufgeräumt hatte.

Ich hörte, wie Saskia die Badezimmertür hinter sich schloss. Dann öffnete sie sie wieder.

„Man kann ja gar nicht abschließen!", rief sie vorwurfsvoll.

„Natürlich nicht, Gröbert hat doch vor Jahren schon den Schlüssel verloren."

„Warum das denn?"

„Keine Ahnung. Jetzt lass uns nicht schlecht über die Toten reden. Nimm dein Bad, ich gucke auch nicht!"

Großzügig verteilte ich tiefblaue Farbe auf meinem Blatt Papier, es war befriedigend. Vielleicht hatte die Wirkung schon längst eingesetzt.

Wieso wusste Saskia das mit dem Schlüssel nicht? Sie war doch öfter mal bei mir. Ging sie nie aufs Klo? Hatte sie ein dunkles Geheimnis? War sie womöglich gar kein Mensch?

Ich schichtete eine weitere Lage Blau auf mein Blatt Papier. Die Farbe wurde tiefer, intensiver. Mir wurde warm, ich zog meinen Pullover aus. Schließlich auch die Jogginghose. Schwarze Flecken wirbelten auf dem Blatt herum wie ein Schwarm Krähen. Lichter tanzten in der Nacht.

Mehr. Ich brauchte ein neues Blatt. Die Luft war klebrig geworden wie Sirup und wirklich sehr warm. Am liebsten hätte ich noch mein T-Shirt ausgezogen. Aber das ging aus irgendeinem Grund nicht. Warum nochmal? Ach, egal! Was soll's. Ich warf es auf das Sofa. Auf dem Papier versuchte ich, das Gefühl der Wärme in meinem Körper einzufangen. Warmes Gelb, Rot, aber auch dunkle Töne. Zwischendurch drehte ich die Platte um. Ich war voll im Flow, so etwas hatte ich schon lange nicht mehr gehabt. Versunken bemalte ich noch ein weiteres Blatt.

„Hey." Saskia stand plötzlich in der Tür, ein Handtuch um die Schultern. Es war so lang, dass es fast bis zum Boden reichte. „Du hast ja Brüste!" Sie machte große Augen. Statt mich zu ärgern oder zu schämen, musste ich lachen. Saskia stand im Türrahmen und ich saß in Unterhosen auf dem Boden und malte, das war doch urkomisch!

„Und du?", fragte ich, als ich mich wieder gefangen hatte.

„Ich hab' was ganz besonderes, aber das zeig' ich eigentlich niemandem."

„Ach komm!"

Sie errötete. Ich streckte den Pinsel nach ihr aus, konnte sie aber nicht erreichen. Also legte ich ihn weg. „Schau, sind sie es nicht wert?" Ich wog meine Brüste in den Händen. Eigentlich mochte ich sie nicht so, aber heute hatten sie irgendwie ihr Eigenleben und sie selbst waren ganz okay damit, in der Welt zu sein.

Saskia sah mir fasziniert zu.

„Und?", fragte ich.

„Na gut, aber du darfst nicht schreien."

„Quatsch!"

Zögernd, aber mit einem zarten Lächeln auf den Lippen ließ sie das Handtuch fallen. Aus ihrem Venushügel entrollten sich fünf feine Tentakel und reckten sich mir neugierig entgegen. „Wow." Ich staunte nicht schlecht. Verzaubert sah ich die tanzenden Tentakelchen an, die in Abstufungen von braun und rosa pulsierten.

„Willst du mal anfassen?", fragte sie. In ihrer Stimme eine fast unschuldige Neugierde, wie auch ich sie verspürte, neben Lust, wie sie sich auch in meiner Lendengegend regte.

Die Tentakelchen reckten sich meiner Hand entgegen und berührten sie zart. Sie hatten winzige Saugnäpfe, mit denen sie meine Finger befühlten. Ich hatte noch nie so etwas Schönes gesehen.

„Sie sind vollkommen", sagte ich entzückt.

Wenig später küsste ich sie, sie umspielten meine Zunge, es war ein ganz eigener Rausch. Saskia stöhnte, sie hielt sich am Türrahmen fest. Ihre Beine zitterten leicht. Ich wollte sie fragen, ob sie sich nicht lieber aufs Bett legen wollte, aber ich wollte auch den Moment nicht zerstören, ich wollte einfach für immer weitermachen. Es war der beste Kuss meines Lebens. Die Tentakelchen schmeckten leicht salzig, leicht fischig. Aber irgendwie musste sich Saskia auf das Sofa manövriert haben, denn plötzlich fand ich mich auf meinen Knien wieder, sie leckend, während sie sich genüsslich zurücklehnte. Nur am Rande bemerkte ich, wie ich mit dem Fuß ein Wasserglas umstieß. Das war auch völlig egal, denn Saskia zog mich hoch, schob mich aufs Bett und während ihre Hände mein Gesicht streichelten und sie beruhigende und lustvolle Geräusche machte, drangen ihre Tentakel in mich ein. Und oh my, ich war so bereit dafür. Feucht und schlüpfrig hieß ich sie willkommen. Ich war überwältigt, viel zu früh kam ich zum

Höhepunkt. Fast war es zum Weinen, war es schon vorbei? Für immer?

„Hey, alles okay?" fragte Saskia.

„Ja, schon. Uuuh. Ich bin nur verwirrt."

„Und ich erst." Ihr rechter Zeigefinger umspielte meine Brustwarze. „Ich hab' schon so lange nicht mehr… Oh man." Sie lachte.

„Jetzt wäre Schokolade gut," sagte ich.

„Hast du?"

„Ja, in der Küche."

Nackt wie wir waren gingen wir, um meine Vorräte zu plündern. Es gab Chocolate Chip Cookies. Janis Joplin sang in meinem Zimmer „Get It While You Can".

Wir grinsten uns mit schokladenverschmierten Mündern an und aßen auch noch Chips, während die Tiefkühlpizza im Ofen buk. Diese Geschichte war, wenn es nach mir ging, noch lange nicht zu Ende.

3.
Eine Frage der Loyalitäten

Ungefähr einen Monat nach meinem Job bei Frau von Euthin-Dingsda erreichte mich eine Mail von einem Universitätsprofessor, der behauptete, in seinem Institut würde sein Vorgänger spuken. Ich fühlte mich noch gar nicht wieder bereit für einen neuen Job. Mein Konto war von der letzten Klientin gut befüllt und die Krähen guckten mich immer noch mit diesem hungrigen Blick in den Augen an, wenn ich einkaufen oder spazieren ging. Ich wollte eigentlich, dass sie mich erstmal wieder vergaßen. Nachher führte ich sie noch aus Versehen zu meinem Freund Gröbert.

Aber so wenig Lust ich auf einen neuen Auftrag zu diesem Zeitpunkt hatte, so neugierig war ich auch. Männer schrieben mich so gut wie nie an. Vielleicht war es sogar wirklich der Erste. Und dann auch noch so ein Wissenschaftsheini. Was war das für ein Typ? Ich wollte ihn mir zumindest mal anschauen.

Also radelte ich an einem sonnigen Novembermorgen hinüber zur Universität. Die alte Krähe flog mir noch ein Stück hinterher, aber als ich den Fluss überquerte, ließ sie mich ziehen.

„Ah, Frau Jenssen, kommen Sie doch rein", grüßte er mich. „Wollen Sie einen Kaffee? Ich kann uns welchen bringen lassen."

Der Professor war ein seltsamer Kauz. Er trug ein Hemd, darüber einen Pullunder, der so altmodisch war, dass er schon wieder fast hipsterig wirkte - aber nur fast. Dem Aftershave sprach er recht ausgiebig zu. Er war noch relativ jung für seine Position, bestimmt erst Ende dreißig, hatte sich aber an Verschrobenheit schon einiges erarbeitet. Sein Büro allerdings war auf den ersten Blick unpersönlich, nicht einmal eine Pflanze fand sich darin.

Ich lehnte den Kaffee ab, weil ich keine Lust hatte, dass jemand drittes sich für uns die Hacken ablief. Der Professor umrundete seinen Schreibtisch, das einzige Schmuckstück des Raumes. Ein schönes Möbel aus honigfarbenem Holz mit geschwungenen Tatzen als Füße. Ich nahm auf einem dieser Stühle platz, wie es sie fast überall gibt: Metallgestell mit hässlichem Sitzpolster aus verschlissenem Plastikbezug mit ebensolcher Rückenlehne. An einer Ecke quoll schon der dünne Schaumstoff heraus.

„Und, was gibt es?", fragte ich.

„Na, das können Sie sich ja denken. Hier spukt es!" Der Professor sah mich durchdringend an. Seine Augenbrauen sträubten sich. Vielleicht war das der Trick, mit dem er sich so weit hochgearbeitet hatte. Ich fühlte mich direkt durchleuchtet.

„Aha", brachte ich störrisch heraus.

Unruhig sprang er von seinem Sessel auf und lief hinter dem Schreibtisch hin und her. „Ich glaube, es ist mein Vorgänger. Ein widerwärtiger Typ. Niemand konnte ihn leiden. Ich habe meine Professur letztes Sommersemester angetreten und seitdem piesackt er mich. Zuerst dachte ich, es sei nur das Impostor-Syndrom. Meine erste Professur, immerhin. Aber dann wurde ich misstrauisch. Dinge verschwanden. Seltsame Kritzeleien tauchten in meinem Kalender auf."

„Zeigen Sie mal."

Er zögerte, setzte sich wieder auf seinen Sessel und sah mich mit diesem Blick an, aber diesmal glaubte ich vor allem Scham darin zu erkennen.

„Er war ein unangenehmer alter Mann, habe ich mir sagen lassen. Hier, sehen Sie."

Die Zeichnung bildete ein erigiertes Genital ab, wie sie auch oft Klowände verzierten und wurde durch das Wort „Pimmel" beschreibend ergänzt.

Ich musterte das Werk. „Haben Sie Kinder?" fragte ich dann, bemüht ernsthaft.

„Mein Sohn würde so etwas niemals tun!" antwortete der Professor hastig und mit lauter Stimme. Schnell beruhigte er sich wieder und fügte mit normaler Lautstärke hinzu: „Außerdem nehme ich diesen Kalender nicht mit nach Hause. Der bleibt immer hier im Büro, ich nehme ihn nur mit, wenn ich zu Terminen gehe. Ich bin für die strikte Trennung von Arbeit und Familie."

Das Büro war randvoll mit seinem Aftershave, am liebsten hätte ich das Fenster aufgerissen. Wer auch immer diesen Typen bespukte, musste den Geruchssinn mit dem Tod verloren haben. Gröbert hätte ihn sicher auch sofort gehasst.

„Können Sie bitte kurz rausgehen, ich möchte etwas ausprobieren." Ich rechnete nicht damit, dass der Professor meiner Bitte nachkam und war umso erstaunter, dass er sich willig Richtung Cafeteria verabschiedete. Er bot an, mir ein Stück Kuchen mitzubringen, wogegen ich nichts einzuwenden hatte. Immerhin holte er es selbst.

Ich riss das Fenster auf. Frische Luft flutete herein, die schon eine Ahnung von Schnee enthielt. Ich nahm ein paar tiefe Atemzüge, dann holte ich das Spukimeter aus meinem Rucksack, wickelte es aus seinem Tuch und kalibrierte das

Gerät vorsichtig. Zuletzt stöpselte ich die Kopfhörer ein, setzte sie auf und drückte auf den grünen Knopf.

Ein Herzschlag. Und es war nicht meiner. Es war tatsächlich der Herzschlag einer untoten Gestalt. Er klang flüchtig, transparent. Flatterhaft. Mal da, mal nicht so richtig da. Eigentlich nicht wie jemand, der „Pimmel" in einen Kalender schmierte. Aufmerksam sah ich mich in dem Raum um. Musterte die Regale, uralte Dinger von Ikea. Die waren bestimmt schon angeschraubt worden, als das Gebäude in den 70ern frisch bezogen wurde. Bücher, Aktenordner und einzelne Papierstapel, alles fein säuberlich aufgereiht. Der verbrauchte Linoleumboden, der den prunkvollen Schreibtisch kontrastierte.

War hier jemand gestorben? Kaum vorstellbar. Oder emotional gebunden? Das traf sicherlich auf den Vorgänger des nervigen Professors zu. Ich musste mehr über den Verstorbenen herausfinden.

Ich lauschte dem Puls des Geistes, befragte meine Assoziationen dazu. Irgendwie kam er mir merkwürdig vor. Weit weg oder flach, zweidimensional. Bevor ich weitere Eindrücke erhalten konnte, kam Prof. Aftershave zurück.

„Was ist denn das für ein Apparat?", fragte er mit hochgezogenen Augenbrauen.

Ich zog den Kopfhörer von meinen Ohren. „Damit finde ich heraus, ob es irgendwo spukt."

„Darf ich auch mal?"

„Nein, das Instrument ist sehr empfindlich."

„Und, spukt es?"

„Ja, irgendwas ist hier. Wahrscheinlich ein Geist."

„Mein Vorgänger, sag' ich doch! Können Sie ihn ausräuchern? Ich meine das natürlich nicht wörtlich, wir haben hier überall Feuermelder."

„Ich werde schauen, was ich tun kann. Wahrscheinlich muss ich nochmal zurückkommen, um rauszufinden, was es genau für ein Spuk ist."

„Machen Sie das, jederzeit. Sagen Sie nur vorher Bescheid, damit ich dann auch da bin."

Erleichtert verabschiedete ich mich. Beim Rausgehen schaute ich nochmal auf das Namensschild neben der Tür. Der Professor hieß Stefan Grausamer, was für ein Name! Ob mir das irgendwas sagen sollte? Verdutzt schaute ich noch einmal hin. Nein, Gransamer war sein Nachname. Ich hatte mich wohl verlesen.

Nachdenklich fuhr ich nach Hause zurück. Es beschäftigte mich, was das für ein Geist sein konnte, der so verhuscht war, fast nur ein Echo, als ich wieder bei der Brücke war, die mich über den Fluss brachte. Der Himmel hatte sich zugezogen und die Wasserfläche spiegelte sein Grau wider. Einige Möwen flogen darüber hinweg, ihr Gefieder weiß leuchtend. Im Herbst kamen immer einige von ihnen in die Stadt, um hier zu überwintern. Sie riefen durchdringend und ich bekam Sehnsucht nach dem Meer. Ich sah noch einem dicken Frachtschiff dabei zu, wie es unter der Brücke verschwand, dann riss ich mich los und trat wieder in die Pedale.

Zuhause stürzte ich mich in die Recherchen. Kein einfaches Unterfangen bei solch einem Thema. Zwar gab es viele, die sich dazu äußerten, aber welche Quellen waren als vertrauenswürdig einzuschätzen? Es gab keine Geisterwissenschaft in diesem Sinne. In allen möglichen Foren trugen engagierte Laien ihre Vorurteile, ihr Halbwissen, ihre Einsichten und ihre Erfahrungen zusammen. Gar nicht leicht, das auseinander zu halten, vor allem, wenn manche Beiträge beides enthielten. Und nach welchen Stichworten sollte ich suchen? Verschwommener Geist? Unscharfer Geist? Geist mit schlechtem Empfang?

Die wenigen Nachschlagewerke, die ich besaß, wussten auch nichts Sinnvolles zu berichten.

Ich versuchte in den kommenden Tagen sogar, mich mit den Krähen darüber zu unterhalten. Aber diese waren uninteressiert. Sobald sie merkten, dass nichts Konkretes für sie heraussprang, stolzierten sie davon und wandten sich anderen Dingen zu, einer leeren Brötchentüte beispielsweise. Wo war die vielbeschworene Intelligenz und Neugier dieser Vögel, wenn man sie einmal wirklich brauchte?

Vielleicht wusste Gröbert etwas. Immerhin hatte er Expertise aus erster Hand. Obwohl die Kommunikation zwischen uns schwierig war, konnte ich von ihm vielleicht etwas erfahren. Erst als ich wieder auf dem Rad saß, fiel mir auf, dass ich vergessen hatte, etwas zu essen. Unterwegs kaufte ich mir eine Käsestange bei einer Bäckerei. Das Gebäck schmeckte pappig und salzig, aber es füllte erstmal den Magen. Vielleicht war der Geist unterzuckert, dachte ich. Spatzen hüpften zu meinen Füßen auf und ab und warteten auf Krümel, während ich auf einer Bank saß und aß.

Gröbert saß schon in der Lobby des Hotels, als ich ankam und rauchte seinen widerlichen Jean Barth Halfzware Tabak. Der Portier stand schlecht gelaunt hinter seinem Tresen und musterte die beiden einzigen Gäste, die sich hier derzeit aufhielten, eine Frau und ein Mann in feinem Zwirn, als ob sie für den Geruch verantwortlich wären. Er nickte mir nur kurz zu. Keine Ahnung was er von mir dachte, vielleicht, dass ich eine seltsame Vorliebe für seinen spießigen Laden hatte? Ich ließ mich auf den Ledersessel fallen, der mit dem meines Freundes eine Zweiergruppe bildete.

Da saß ich nun. Erst jetzt fiel mir auf, dass ich Gröbert wohl schlecht laut um Rat bitten konnte. Niemand außer mir konnte ihn sehen, da auch er ein Geist war. Unser schweigendes Beisammensein war mir so selbstverständlich erschienen, dass ich nur daran gedacht hatte, dass ich seine Antworten nicht würde hören können.

Ungeduldig kramte ich in meinem Rucksack, aber ich hatte weder Stift noch Zettel dabei. Der ganze Besuch war für die Katz. Das schicke Pärchen sah mich hin und wieder mit verengten Augen an. Na ja, immerhin hatte ich mich mal wieder blicken lassen. Ich versuchte, mir meine Ungeduld und Frustration nicht allzu deutlich anmerken zu lassen.

Ein älterer Herr setzte sich auf den Sessel mir gegenüber. „Darf ich?", fragte er.

„Eigentlich nicht", sagte ich höchst irritiert. Er hatte sich einfach auf Gröbert draufgesetzt!

„Ich habe Sie hier schon öfter gesehen. Dabei sehen Sie, offen gestanden, nicht so aus, als könnten Sie sich dieses Etablissement leisten."

Warum interessierte den das?

„Ich bin hier, um eine berufliche Frage zu klären", sagte ich kurz angebunden.

„Indem Sie alleine in der Lobby herumsitzen?"

„Gehört Ihnen dieses Hotel oder warum interessiert Sie das?" Ich beschloss, mein Misstrauen nicht länger zu verstecken.

„Nein, aber ich bin ein Stammgast und ebenfalls häufig beruflich hier." Er lächelte ein feines Alte-Herren-Lächeln, wahrscheinlich froh, so kreativ eine Gemeinsamkeit festgestellt zu haben. Sein kurzer Vollbart war sorgfältig frisiert, seine Zähne makellos. Bestimmt hielt er sich für unfassbar gutaussehend.

Ich schwieg schlecht gelaunt, um ihn dafür abzustrafen, dass er sich auf meinen Kumpel gesetzt hatte. Wo war der jetzt überhaupt? Ich roch immer noch seinen Zigarettenrauch, aber der hatte sich der Lobby bestimmt schon für immer eingeprägt.

„Ich bin Traumapsychologe", sagte mein Gesprächspartner, der mich für die Unterhaltung anscheinend nicht weiter benötigte. „Da interessiert man sich für die Menschen."

„Ja, entschuldigen Sie bitte, ich muss dann mal wieder." Ich zog meinen Mantel an, schulterte den Rucksack und verließ das Hotel, ohne mich noch einmal umgedreht zu haben. Das war ja wohl das Letzte! Ich war doch kein Studienobjekt.

Zu Hause kochte ich mir Nudeln mit Soße, fütterte Maus Nr. 35 und legte eine Platte auf, etwas Schnelles. Ich musste irgendwie in Schwung kommen. Als die rauhen Gitarrensounds der Ramones durch mein Zimmer dröhnten, abgelöst von Iggy Pops melodiösen Grooves und ich mich vom Rhytmus der Musik mittragen ließ, fühlte ich, wie ein Gewicht von mir abfiel. Ich hatte gar nicht gewusst, dass ich das gerade gebraucht hatte. Ausgelassen tanzte ich durch mein Zimmer, hopste über Klamottenhaufen und Bücher hinweg, die auf dem Boden lagen. Scheiß drauf, dachte ich, als ich erschöpft auf mein Sofa sank, während die Musik noch über mich hinweg dröhnte. Dieser blöde Professor ist mir eh egal. Diese ganzen Wissenschaftler können mich mal.

Ich wünschte nur, ich hätte mit Gröbert alleine reden können.

Den Rest der Woche beschäftigte ich mich nicht mehr mit dem Fall. Am Freitag jedoch erreichte mich eine ungehaltene Mail von Prof. Aftershave. Ob ich noch gedenke, mich um seine Angelegenheiten zu kümmern, fragte er mich. Es seien inzwischen neue Schmierereien aufgetaucht. Diesmal leider in einer Hausarbeit, die der Professor korrigiert und nichtsahnend einem Studenten zurückgegeben hatte. Diese habe er niemals mit nach Hause genommen, es könne also wirklich nicht sein Sohn sein, meine Verdächtigungen seien also gegenstandslos. Ich musste lachen. Dieser Geist hatte echt einen sehr simplen Humor. Eigentlich sympathisch. Wieso sollte ich diesen Schatten einer Person ausradieren, nur weil sie so einen Aftershave-Heini störte? Ich wollte ja auch nicht, dass Gröberts Spuk ein Ende bereitet wurde. Kurzentschlossen löschte ich die Mail. Sollten die beiden doch lernen, in ihrer unkonventionellen Bürogemeinschaft miteinander klar zu kommen.

Kichernd erzählte ich abends beim Biertrinken meinem Großstadthexer-Kollegen Enno von diesem Beschluss.

„Aber stellst du dir dann nicht die Sinnfrage?" Er sah mich skeptisch durch die Gläser seiner runden Brille an, die seine blauen Augen vergrößerten. „Vielleicht haben ja alle Geister ihre Berechtigung und du stehst auf der ganz falschen Seite, wenn du das jetzt mal so weiter denkst." Immer, wenn er betrunken war, wollte er diskutieren und alles war plötzlich ein Grundsatzproblem.

„Also der letzte, den ich ausradiert habe, auf jeden Fall nicht. Der war ein patriarchalisches Arschloch, das seine

Frau gequält hat. Ich hab's gern getan. Bei diesem würde es mir leid tun."

„Aber du kannst doch nicht einfach entscheiden, wer ein Recht zu leben hat und wer nicht! Oder zu spuken. Oder ohne Spuk zu leben. Und wenn du den Geist ins Jenseits komplimentierst, hilfst du ihm ja sogar. Oder ihr. Sind Geister eigentlich immer Männer oder was? Wir sollten mehr auf unsere Sprache achten."

„Ich würde diesen Spuk lieber kennenlernen, als ihn aus dem Büro rauszuschmeißen. Aber wenn ich das versuche, dann doch bloß, um ihm hinterher 'ne Falle zu stellen. Darauf habe ich keine Lust! Es ist eine Frage der Loyalitäten, weißt du?"

„Nein, es ist deine Arbeit. Heute habe ich auch den Hund von so 'ner unsympathischen Figur behandelt, sie hat die ganze Zeit schlecht über ihn und ihre Kinder geredet, während ich den Tee zusammengemixt habe. Und vielleicht ist es ja wirklich der schlimme Vorgänger von Prof. Aftershave, was dann?

Hast du eigentlich Gröbert in letzter Zeit mal gesehen?"

„Ja, na ja, wie man's nimmt." Ich erzählte von meinem Ausflug in das Hotel.

„Was für ein Arsch", kommentierte Enno den Traumapsychologen. Es versöhnte mich, dass er wenigstens hier auf meiner Seite war.

„Ich glaube nicht, dass es Prof. Aftershaves Vorgänger ist", kam ich auf mein ursprüngliches Problem zu sprechen. „Die Vibes, die ich da kriege, passen überhaupt nicht dazu." Ich erzählte, was ich wahrgenommen hatte und von meinen fruchtlosen Recherchen.

„Es interessiert dich schon, oder?" Enno sah mich herausfordernd an. „Du fändest es schade, wenn du das Rätsel nicht lösen würdest, oder?"

„Enno, lass mich in Ruhe!"

„Ich versteh's ehrlich gesagt überhaupt nicht, was dich daran fasziniert. Was ist denn das für ein Spuk? Er nervt einfach nur übelst rum, Peniskarikaturen und so ein Quatsch! Das ist ja sogar noch 'ne Stufe unter Poltergeist."

Ich wechselte das Thema und kam auf unsere Kolleg*innen zu sprechen. Wir zerrissen uns noch eine oder zwei Bierlängen das Maul über sie, dann fuhr ich langsam und vorsichtig nach Hause, um keine allzu großen Schlangenlinien zu produzieren.

Einige Tage später kehrte ich wieder in das Büro des Professors zurück. Enno hatte recht, ich war neugierig und konnte das Rätsel nicht loslassen. Prof. Aftershave schloss mir nur kurz auf und verschwand dann in eine Vorlesung. Er war schlecht gelaunt und wortkarg, wahrscheinlich nahm er mir mein langes Fernbleiben übel. Ich lüftete seinen Geruch hinaus und setzte mich auf seinen Sessel. Er war unglaublich bequem, eine ganz andere Hausnummer als der schlichte Stuhl auf der anderen Seite des Schreibtisches. Von hier aus sah die Welt ganz anders aus, ordentlich eingefasst durch den Rand des kostbaren Holzmöbels. Die hässlichen Ikearegale waren nur noch eine Randnotiz.

Prof. Aftershave benutzte eine dieser beschreibbaren Schreibtischunterlagen. Ich faltete die obenauf liegende Seite nach hinten und nahm einen Kugelschreiber aus dem Holzbecher zu meiner Linken.

„Hallo Geist", schrieb ich wenig einfallsreich. „Wer bist du? Ich bin hier, um dich kennen zu lernen."

Plötzlich spürte ich tiefe Trauer. Ich kalibrierte das Spukimeter und lauschte nach dem Herzschlag. Er war ganz laut, so als würde der Geist sich dicht über meine Schulter beugen! Erschrocken über die unerwartete

Zudringlichkeit riss ich den Kopfhörer von meinen Ohren. Dann musste ich lachen. Dieser Geist schien doch bisher gar nicht gefährlich zu sein. Ich beruhigte mich wieder, indem ich im Zimmer herumlief, wie auch der Professor es getan hatte. Da der Geist manchmal schriftlich kommunizierte, wartete ich einige Zeit ab, ob er sich auf diese Weise offenbaren würde. Aber es tat sich nichts.

„Ich habe mich nur erschreckt", schrieb ich auf die Schreibtischunterlage, um mein Verhalten zu erklären. „Entschuldige bitte."

Ein lautes Poltern erklang, erschrocken sprang ich auf und katapultierte den Sessel nach hinten, der gegen die Wand rollte und beinahe umstürzte. Dann sah ich mich im Zimmer um. Ein Buch war vom Regal gefallen. Anscheinend vom obersten Regalbrett, dort klaffte nun eine Lücke in der Bücherreihe. Es war Stephen Hawkings „Eine kurze Geschichte der Zeit". Kopfschüttelnd stellte ich es zurück ins Regal. Dann überprüfte ich, ob ich Sessel oder Wand bei meinem abrupten Aufspringen demoliert hatte. Ich konnte zum Glück keine Schäden entdecken.

„Bitte drücke dich konkreter aus", kritzelte ich, fast genervt von meinem eigenen Mut. Mein eigenes Herz klopfte jetzt wie wild. Geister, die physikalische Dinge bewegten, waren mir die Schlimmsten. Eigentlich hätte ich es gleich wissen müssen, dass dieser zur besagten Kategorie gehörte, denn zum Kritzeln eines Genitals war ein Kugelschreiber vonnöten.

Etwas berührte meinen Nacken, sanft wie ein Kuss. Dann glaubte ich, etwas in meinem Schritt zu spüren. „Schluss jetzt!" rief ich und sprang auf. Mühsam schluckte ich einige Beschimpfungen herunter, die mir schon auf der Zunge lagen. Ich hatte den Geist ja selbst herausgefordert. Mit aller Willenskraft versuchte ich, meinen Atem zu beruhigen.

Nichts weiter geschah. Ich setzte mich wieder hin, nahm das Spukimeter, aber meine Hände zitterten zu sehr. So angestrengt ich es auch versuchte, ich vermochte es nicht, mich genügend zu konzentrieren. Schließlich warf ich das Handtuch, schrieb dem Professor eine Notiz und hinterlegte den Schlüssel zu seinem Büro im Sekretariat.

Wut überkam mich, während ich so schnell wie möglich nach Hause strampelte. Ich hatte mich in diesem übergriffigen Arschloch von Geist wohl getäuscht. Enno hatte Recht. Dieser Spuk war unterste Schublade. Mir war jetzt ziemlich danach, ihm die Krähen auf den Hals zu hetzen. Zu allem Überfluss peitschte mir unangenehmer, kalter Sprühregen ins Gesicht. Ich war heilfroh, als ich in meiner unordentlichen 2-Zimmer-Wohnung ankam und ließ mir erst mal ein Bad ein.

Später am Abend rief ich meine E-Mails ab. Prof. Aftershave hatte schon wieder geschrieben, offenbar ungehalten. Er hielt sich nicht mit einer Vorrede auf.

„Sind das Ihre wissenschaftlichen Methoden, um dem Spuk auf den Grund zu gehen?

‚Hallo Geist, wer bist du? Ich bin hier, um dich kennen zu lernen.‘

‚Ich habe mich nur erschreckt, entschuldige bitte.‘

‚Bitte drücke dich konkreter aus.‘

‚Es tut mir leid!‘"

Abgesendet um 19:30 Uhr. So viel also zur Trennung von Beruf und Familie. Letztere hatte da wohl eindeutig das Nachsehen.

Verärgert tippte ich, dass er meinen Beruf bitte mir überlassen solle, wenn er wolle, dass ich ihm weiterhelfe. Erst danach fiel mir auf, dass ich die letzte Botschaft gar nicht geschrieben hatte. Also löschte ich meine Worte wieder und bat ihn um ein Foto der Schreibtischunterlage und Auskunft darüber, ob nach mir noch jemand im Büro gewesen sei.

Hatte der Geist sich etwa bei mir entschuldigt? Warum, in aller Welt, hatte er das getan? Ich war noch nicht bereit, ihm zu vergeben, allerdings war meine Neugierde wieder entfacht.

Antwort kam am nächsten Vormittag. Kommentarlos hatte Prof. Aftershave mir ein Handyfoto seiner Schreibtischunterlage geschickt. Ich fragte mich, wie er es nur hatte übersehen können. Die Handschrift, in der „Es tut mir leid!" geschrieben war, war meiner überhaupt nicht ähnlich. Sie war eher rundlich, im Gegensatz zu meinen krakeligen Druckbuchstaben. Ich bat den Professor um weitere Schnappschüsse der Kritzeleien des Geistes. Die Handschrift glich tatsächlich derjenigen in der „Pimmel"-Karikatur. Aha! Jetzt hatte ich ihn. Aber was hatte ich genau? Euphorie mischte sich mit Konfusion. Wieder verspürte ich den Wunsch, mit Gröbert zu reden, aber ich hatte auch ein schlechtes Gewissen. Seit Wochen hatte ich ihn nicht so oft besucht wie jetzt aus diesen höchst eigennützigen Motiven.

Ich entschloss mich, ihm nachmittags trotzdem noch einen weiteren Besuch abzustatten. Es war Montag, die Lobby des Hotels war leer. Der Portier warf mir einen kurzen Blick zu und grüßte, dann beachtete er mich nicht weiter. Augenscheinlich war er mit seinem Smartphone beschäftigt. Ich setzte mich in einen der Ledersessel und zückte meinen Block, um meinem Freund das Problem diesmal schriftlich darzulegen. Aber der Geruch nach Jean Barth Tabak war nicht auszumachen. Vielleicht war Gröbert gar nicht da. Reflexhaft fasste ich in meinen Rucksack, aber das Spukimeter war nicht darin. Dann musste ich mich wohl oder übel auf meine trügerischen

Sinne verlassen. Spürte ich seine Anwesenheit? Ich konzentrierte mich zunächst auf meinen Atem, dann versuchte ich, meine Aufmerksamkeit auszudehnen. Aber ich fühlte nichts außer einer starken, fast schneidenden Einsamkeit. War es mein Gefühl oder das meines Freundes? Ich blieb noch einige Zeit in der Lobby sitzen, vergaß aber völlig mein Anliegen, von der Intensität der Empfindung überrollt. Vielleicht war Gröbert krank vor Trauer, vielleicht sogar zu krank zum Rauchen. Was sollte er auch hier, in dieser schnieken Umgebung?

Jemand kam zur Tür hinein, ein schneller Blick verriet mir, dass es der Traumapsychologe war. Oh nein, nicht der auch noch! Hastig stopfte ich meinen Block in den Rucksack, zog den Parka an und drängte mich an ihm vorbei hinaus, ohne zu grüßen.

Auf dem Fahrrad hatte ich plötzlich eine Idee. Unübersehbar hatte der Geist sich bei mir für sein übergriffiges Verhalten entschuldigt. Zuvor hatte er ein Buch aus dem Regal geworfen, in dem es um die Geschichte der Zeit ging. Ich hatte ihn nach seinem Anliegen gefragt. Vielleicht war ihm selbst übel mitgespielt worden! Vielleicht war der unsympathische Vorgänger von Prof. Aftershave übergriffig geworden und der Geist spukte, um es ihm heimzuzahlen. Das würde passen! Aber wie konnte ich diese Theorie überprüfen?

Ein Fahrrad, das hinter mir stand, klingelte wild, weil ich zu lange an einer Ampel stehen geblieben war. „Fahr doch!", rief der Fahrer.

„Überhol' doch!", pampte ich zurück und trat widerwillig in die Pedale. Zum Glück hatte ich meinen Gedanken noch. Ein Blick über die Schulter zeigte mir, dass der genervte

Radfahrer immer noch an der Ampel stand, die hinter mir wieder rot geworden war.

Zu Hause rief ich sofort Enno an. Er war in einer kritischen Männergruppe und kannte sich mit Feminismus aus. Ein Thema, zu dem ich mal hier und da ein Buch gelesen hatte, in dem ich aber weder thematisch noch strukturell so tief drinsteckte wie er.

„Interessante These", sagte er. „Wie hieß denn der Vorgänger von deinem Aftershave-Fan?"

„Weiß ich nicht, aber kann ich rausfinden." sagte ich.

„Dann kannst du damit vielleicht zum AStA gehen. Da gibt es eine kleine feministische Bibliothek und soweit ich weiß, sind die, die die Öffnungszeiten betreuen, alle noch nicht so lange dabei. Aber die, die die Bücher katalogisiert ist 'ne ganz alte Häsin sozusagen, die hat schon jahrzehntelang an der Uni feministische Politik gemacht. Carola, die magst du bestimmt. Aber erzähl' ihr lieber nichts von Geistern. Sie ist eher anti-spirituell."

„Seit wann sind Peniskarikaturen spirituell?", fragte ich renitent, aber ich wusste, was er meinte und würde mich vorsehen. „Hast du nicht Lust mitzukommen? Dann können wir hinterher noch einen Kaffee trinken." Vielleicht gab es noch mehr Fettnäpfchen, vor denen Enno mich eventuell bewahren konnte.

„Nein, sorry. Die FemBib ist FLINT* only. Keine cis Männer. Carola ist immer dienstags und donnerstags vormittags da, glaube ich. Dann ist keine Öffnungszeit, du musst an die Scheibe klopfen."

„Aha."

So klopfte ich zwei Tage später vormittags an besagte Scheibe. Der Morgen war so grau und dunkel, als habe es die Sonne nie über den Horizont geschafft. In der kleinen

Bibliothek brannte Licht, sie sah mit den vielen bunten Buchrücken in den Regalen und den beiden Sofas einladend und gemütlich aus. Aber es war niemand zu sehen. Alles andere in dem Gebäude war dunkel, die Tür zum AStA abgeschlossen. Über dem einem Sofa lag jedoch eine Jacke, auf dem Schreibtisch stand ein aufgeklappter Laptop. Also beschloss ich, zu warten. Es begann zu regnen. Zum Glück öffnete sich wenig später die Tür der FemBib und eine große Frau in lila Strickjacke kam herein. Ich klopfte erneut. Sie zuckte zusammen, kam jedoch zum Fenster und öffnete es. Soeben begann es auch noch zu hageln.

„Schnell, komm rein!" rief Carola.

„Danke!" Ich stieg durch das Fenster. „Oh je, meine Schuhe sind ganz matschig." Ich traute mich nicht, vom Fensterbrett zu gleiten. Hinter mir peitschte der Wind das Wetter hinein.

„Mach die keinen Kopf, hier wird sowieso einmal die Woche durchgewischt. Los jetzt!"

Ich fand den Absprung und Carola schloss das Fenster hinter mir. „Das ist ja ein mieses Wetterchen!" Sie jetzt tat so, als wäre es ganz normal, dass jemand klopfte und durchs Fenster zu ihr rein stieg.

„Allerdings," pflichtete ich ihr überrascht bei.

„Wir haben gerade gar keine Öffnungszeit, aber du hast bestimmt deine Gründe, warum du um die Uhrzeit hier klopfst", stellte sie fest und musterte mich. Ich musterte sie zurück. Sie war bestimmt schon Mitte vierzig, trug eine kleine runde Brille und einen Afro. Ihr dunkles Gesicht war von Falten durchzogen, viele davon sahen nach Lachfalten aus.

„Du hast Recht. Ich habe eine Frage zu einem Professor, der mal hier an der Uni gearbeitet hat. Enno hat gesagt, du könntest mir vielleicht weiterhelfen."

„Ah, der Enno aus der kritischen Männlichkeits-Gruppe. Soso. Um wen geht es denn?"

„Professor Müller von der Philosophischen Fakultät. Er ist aber schon im Ruhestand."

„Willst du einen Tee?"

„Ja, gerne!"

„Setz dich, ich hole Wasser vorne aus dem Flur. Wir haben hier in der FemBib kein Waschbecken. Wenn du willst, kannst du dich auch gerne umgucken."

Ich war irritiert und suchte auf dem großen, roten Sofa Zuflucht. Ging Carola meiner Frage aus dem Weg? Von dort aus musterte ich die Bücherregale in meiner Nähe. Anscheinend befand sich neben mir der Buchstabe A. Alles Sachbücher. Ich sah Sara Ahmeds „Manifest für Spaßverderberinnen" und lächelte. Das klang gut.

Die Tür ging wieder auf, Carola stellte den befüllten Wasserkocher auf sein Unterteil und richtete zwei Tassen. Dann setzte sie sich auf das andere Sofa.

„Ich erinnere mich an Professor Müller", sagte sie. „Aber nicht aus meiner Arbeit für die FemBib, sondern von der feministischen Hotline, die wir früher hatten. Da konnten Frauen anrufen, die an der Uni sexistische Diskriminierung erfahren haben und sich beraten lassen. Prof. Müller war ständig Thema. Von den furchtbaren Witzen, die er in den Vorlesungen gemacht hat, bis hin zu übergriffigen Bemerkungen in Einzelgesprächen - das kann man sich ja vorstellen. Aber er ist doch gestorben, oder nicht?"

„Was hältst du von seinem Nachfolger?", fragte ich.

„Warum, weißt du da etwas?"

Ich musste den Kopf schütteln. Dass er sehr viel Aftershave benutzte und bespukt wurde, sprach ja erstmal objektiv nicht gegen ihn.

Carola stand auf und füllte kochendes Wasser in unsere Tassen. „Kekse?", fragte sie. Ich lehnte ab, aber sie brachte trotzdem die Dose mit, um sich selbst daraus zu bedienen.

„Wurde Professor Müller irgendwie zur Verantwortung gezogen?", fragte ich.

„Wir haben uns ein paar Mal an die Gleichstellungsbeauftragte und das Dekanat gewandt wegen ihm und ich glaube schon, dass es kein Zufall war, dass er sehr pünktlich in den Ruhestand ging. Aber es war schon krass, was er sich alles leisten konnte. Seine wissenschaftlichen Mitarbeiter*innen haben reihenweise gekündigt; eine ist sogar in die Psychatrie gegangen, weil er sie so drangsaliert hat. Warum willst du das alles wissen?"

„Ich arbeite als so eine Art Privatdetektivin", behauptete ich.

„Oh wow!" Carola musterte mich mit entfachter Neugierde. „Für wen?", fragte sie dann.

„Für Professor Gransamer." Ich sah, wie sich Carolas Augen misstrauisch verengten. „Aber wie es manchmal so ist, haben sich meine Loyalitäten mittlerweile verschoben.", sagte ich schnell. „Ich will jetzt nur noch rauskriegen, wer ihm die Streiche spielt und warum. Vielleicht hat er ja auch Dreck am Stecken."

„Was sind das für Streiche?", fragte Carola.

Ich überlegte kurz, ob ich ihr das überhaupt sagen durfte. Aber Gegenseitigkeit war mir schon wichtig und ihre Informationen waren ja noch viel brisanter gewesen.

„Eigentlich ist es Mumpitz.", antwortete ich also. „Jemand kritzelt Peniskarikaturen auf seine Unterlagen und so etwas."

„Das klingt eher nach einem Studi, der sauer über schlechte Noten ist."

„Ich glaube, es hat irgendwas mit einem Übergriff in der Vergangenheit zu tun, der von Müller begangen wurde und dass Gransamer es nun etwas ungerechtfertigt abbekommt."

„Das ist aber nicht besonders auf der Höhe der Zeit, wenn es feministische Kritik sein soll", sagte Carola.

„Hä?", fragte ich, wohl auch nicht auf der Höhe der Zeit.

„Die Genitalien sagen doch nichts über das Geschlecht aus. Trans* Frauen zum Beispiel haben auch manchmal Penisse und werden vom Patriarchat noch viel schlimmer unterdrückt als cis Frauen."

„Stimmt." Darüber hatte ich gar nicht nachgedacht. Vielleicht musste ich das mit dem Geist diskutieren. „Aber wenn sich da jemand rächt, weil ihr übel mitgespielt worden ist von diesen Mackern, können wir ja nicht verlangen, dass sie vorher ein Seminar in Gender Studies macht."

„Ich glaube nicht, dass es fair ist, das auf einen intellektuellen Diskurs zu reduzieren", sagte Carola. „Die Diskriminierung für die Betroffenen von Transfeindlichkeit ist real und drückt sich in höherer Sterblichkeit, schlechterer medizinischer Versorgung, schlechteren beruflichen Chancen und so weiter aus."

„Falls ich die Person erwische, kann ich das ja ansprechen", bot ich an.

„Du kannst mir doch nicht weiß machen, dass du Detektivin spielst, um dann mit jemandem, den du gar nicht kennst, eine politische Diskussion zu führen. Jetzt mal ehrlich, was machst du?"

„Ich weiß es selbst gerade nicht so richtig", gab ich zu. „Ich habe mich da in was verwickeln lassen. Jetzt will ich es irgendwie zum Abschluss bringen, aber ich weiß nicht wie. Gibt es eigentlich dieses Hilfetelefon noch, von dem du vorhin erzählt hast?"

„Leider nicht. Bis auf mich sind alle weggezogen, die das damals gemacht haben. Die Mittel sind uns auch gestrichen worden und alleine konnte ich es nicht mehr stemmen.”

„Wie schade!”

„Ja, aber so ist es doch oft.”

Ich fragte sie noch ein wenig über die FemBib aus, dann verabschiedete ich mich, nicht ohne mich ausgiebig für die vielen wertvollen Informationen zu bedanken.

„Wenn du weißt, wer's war, komm gerne wieder und erzähl' es mir,” sagte Carola, als ich wieder aus dem Fenster kletterte. Ich versprach es.

Draußen war es inzwischen dunkel, zum Glück regnete es nicht mehr. War es jetzt Herbst oder Winter, fragte ich mich, als ich durch die kalte Stadt fuhr. Meine Hände froren schmerzhaft, ich hatte die Handschuhe vergessen.

Als ich wieder über die große Brücke fuhr und der Wind mich kräftig und kalt von der Seite anpustete, hatte ich plötzlich eine Idee. Was wäre, wenn ich den Geist einfinge und ihn zu Gröbert ins Hotel brächte? Der konnte doch sicherlich gut Verstärkung gebrauchen! Ich erinnerte die Einsamkeit, die ich gefühlt hatte, als ich ihn das letzte Mal besuchte. Vielleicht taten sich die beiden gegenseitig gut. Und sexistische Macker gab es dort auch genug, wie der Traumatherapeut indirekt, nun ja, angedeutet hatte durch sein nerviges Verhalten. Dann musste ich den Geist weder ins Jenseits komplimentieren, noch ihn den Krähen zum Fraß vorwerfen. So gewann ich auch Zeit, um mit ihm über Politik zu diskutieren. Wobei dies auf meiner Prioritätenliste ehrlich gesagt schon sehr weit nach hinten gerutscht war.

Zu Hause stürzte ich mich sofort in die Recherche. Ich durchsuchte diverse Foren und okkulte Internetseiten und nahm sogar ein paar Bücher zur Hand, die ich im Laufe meiner Berufstätigkeit angeschafft hatte. Leider fand ich überhaupt nichts zu diesem Problem, weder die Geister-Knigge noch James van Praagh hatten mir etwas zu bieten. Niemand schien daran interessiert zu sein, Geister umzuziehen - alle wollten sie nur loswerden. Gab es denn keine Menschen, die die Spukgestalt ihrer Kindheit ins Herz geschlossen hatten und mitnehmen wollten? Ich konnte es mir kaum vorstellen. Trotzdem änderte sich nichts an der Sachlage. Alle Treffer, die ich zu „Geister Umzug" erhielt, bezogen sich auf den rheinischen Karnevalsbrauch und ein Dorf in der Eifel. Schließlich fand ich den Beitrag einer Youtuberin namens „Hexe Desiree", die sich mit dem Problem beschäftigt hatte. Sie hatte lange, silbern gefärbte Haare und trug eine blaue Robe, die ich zunächst für einen Bademantel hielt. Nach einer nervtötend langatmigen Einleitung, in der sie auf diverse Kurse und andere kostenpflichtige Angebote ihrer Wenigkeit hinwies, schlug sie vor, dem Geist einen Gegenstand anzubieten, in den er schlüpfen kann und dann den Gegenstand zum Zielort zu bewegen.

Darauf hätte ich natürlich auch selbst kommen können! Allerdings, ob das auch wirklich funktionierte? Desiree schien eher nicht so die Ahnung zu haben, denn sie behauptete auch, Geister seien irgendwelche Energien und keine realen Personen. Menschen würden sich die Ähnlichkeiten zu Verstorbenen nur ausdenken, weil das für sie leichter verständlich sei. Das sollte wahrscheinlich aufgeklärt wirken, aber mir erschien es nur schwammig. Auch Menschen bestanden nur aus Atomen, also aus Energie, aber das sagte überhaupt nichts über ihren Wirklichkeitsgrad aus.

Als ich gerade kurz davor war, mich hinreißen zu lassen,

Desiree einen entsprechenden Kommentar zu hinterlassen, klingelte das Telefon. Der Professor war dran. Er habe endgültig genug von dem Geist, wetterte er, ich solle endlich etwas unternehmen oder er würde mir den Auftrag entziehen. Ich würde ja überhaupt nichts machen, wofür würde ich überhaupt so viel Geld verlangen. Ich schnauzte ihn in gerechtem Zorn an, dass ich mir die Hacken ablaufen würde, um seinen Fall zu recherchieren und einer Lösung nahe sei. Aber dass Geist eben nicht gleich Geist sei, er könne ja seine Student*innen auch nicht alle nach Schema F behandeln, sondern müsse sein fachliches Wissen ausschöpfen, um bei ihnen weiterzukommen. Der Appell an seine Kompetenz zog anscheinend, er entschuldigte sich sogar für den Ausbruch.

„Es war nur schon wieder eine Schmiererei auf einer Hausarbeit", beschwerte er sich. „Zum Glück habe ich es noch rechtzeitig gemerkt und es war nur mit Bleistift. Aber ich habe einen Ruf zu verlieren!"

„Ich bin dran", tröstete ich ihn und verabredete mich gleich für den nächsten Morgen mit ihm, um während seiner Lehrveranstaltungen mit dem Geist zu arbeiten.

Erst nachdem ich aufgelegt hatte, fiel mir ein, dass ich da vielleicht etwas vorschnell Besserung angekündigt hatte. Schließlich war es eine gute Idee, Gröbert zu fragen, ob er auf den Zuwachs im Team Anti-Gentrifizierung überhaupt Wert legte. Jetzt hatte ich dafür nur noch diesen Abend Zeit, eine unsichere Nummer. Außerdem regnete es schon wieder. Ich ging zum Fenster und öffnete es. Kalter Wind blies herein. Das beste Wetter, um sich zu Hause einzuigeln, eine gute Platte aufzulegen und zu lesen. Auch fühlte ich mich müde und nicht bereit, noch einmal durch die Stadt zu radeln. Immerhin war es zum Hotel nicht weit.

So nahm ich denn all meine Selbstdisziplin zusammen und machte mich, vermummt mit Schal und Mütze, auf den Weg.

Als ich ankam, war ich schon wieder tropfnass. Und was noch schlimmer war: in der Lobby saß der Traumapsychologe und las. Ich starrte ihn entgeistert durch die Scheibe an. Er schien meinen Blick zu spüren, denn er blickte von seinem Buch auf und winkte mir freudig zu. Ehe ich mich versah, saß ich schon wieder auf dem Fahrrad und radelte zurück nach Hause. Um keinen Preis der Welt hatte ich Lust, mich heute Abend noch mit diesem Schmierlappen auseinanderzusetzen.

Am nächsten Morgen durchsuchte ich meine Wohnung nach einem Gegenstand, den ich dem Geist anbieten konnte, um sich darin transportieren zu lassen. Was sollte ich bloß nehmen, war ein Karton zu klein oder reichte sogar ein Kronkorken? War es besser, etwas zu nehmen, das irgendwie geheimnisvoll wirkte? Während ich noch suchte, kamen mir Zweifel an der ganzen Idee. Schließlich konnten Geister auch ohne so ein Vehikel den Wohn- bzw. Spukort wechseln, wie zum Beispiel der verstorbene Ehemann meiner letzten Klientin. Sicher hatte er nicht gewartet, bis jemand einen vergessenen Steuerbescheid aus seinem alten Hause zufälligerweise mit der Post in die neue Villa seiner Frau schickte. Wenn der Geist das Büro des Professors weiter bespuken wollte, würde er es weiter bespuken. Wenn er mitkommen wollte zu Gröberts Hotel, würde er das ebenfalls tun. Schließlich entschied ich mich für eine gemütliche Strickjacke, die ich in meinen Rucksack stopfte. Ich ging da ganz pragmatisch von mir aus: Wäre ich ein Geist, würde ich sie jedem Schuhkarton oder pseudo-okkulten Gegenstand vorziehen.

Wenn der Geist sie nicht wollte, so würde sie zumindest nicht schaden.

Auf dem Weg zum Büro des Professors bemerkte ich einen Schwarm Krähen über mir am Himmel. Sie flogen unter lautem „krah, kroah" und „tschjack" in die gleiche Richtung, in die ich mit dem Fahrrad fuhr. Auf Höhe der Brücke verlor ich sie aus den Augen. Ich hoffte, dass es sich um einen Zufall handelte. Nicht, dass sie auf dem Rückweg versuchten, mir meine Fracht abzujagen. Aber sie hatten schließlich ihr eigenes Leben und in den letzten Tagen den Kontakt mit ihnen gemieden, also interessierten sie sich wahrscheinlich gar nicht für mich.

Den Schlüssel holte ich diesmal gleich im Sekretariat ab, der wichtige Mann war bereits in seiner Vorlesung. So umging ich diesmal die direkte Begegnung mit seiner Aftershave-Wolke. Erstaunlicherweise hing sie auch nicht so schwer im Büro, vielleicht war er heute noch nicht hier gewesen.

„Hallo, Geist", sagte ich wenig originell. „Ich bin's wieder." Ich zog meine Jacke aus und ließ sie auf den billigen Besucherstuhl fallen. Dann wühlte ich in meinem Rucksack nach der Strickjacke. Währenddessen erläuterte ich die Umzugsidee. Noch während ich redete, fiel mir wieder ein, dass ich Gröbert noch gar nicht gefragt hatte. Das war definitiv ein Schwachpunkt an der ganzen Sache. Ich kam mir wie eine Verräterin vor.

„Er ist wirklich ein Netter", versuchte ich ihn unbeirrt als Mitbewohner schmackhaft zu machen. „Er würde sich bestimmt mega freuen über das, was du hier machst und kann deine Unterstützung wirklich gebrauchen. Und wenn ihr euch doch nicht so gut versteht, das Hotel ist groß genug."

Ich spürte so etwas wie Einverständnis und hatte den irrationalen Eindruck, dass die Strickjacke sich füllte. War das echt oder stellte ich es mir nur vor, weil es das war, was ich wollte?

Plötzlich kamen mir Zweifel. Was war, wenn der Geist doch Professor Müller war? Gröbert würde es mir nie verzeihen, ihn mit diesem Ekel zu belästigen. Ich riss mich zusammen und stopfte die Strickjacke in meinen Rucksack. Jetzt war für so etwas keine Zeit. Und Gröbert würde schon klarkommen. Im schlimmsten Fall musste er den Professor halt rauswerfen. Oder, dachte ich, er zieht wieder bei mir ein. Das wäre sowieso das Beste. Entschieden zog ich den Rucksack zu und schulterte ihn. Dann schloss ich das Büro hinter mir ab und brachte den Schlüssel zurück. Ich musste es jetzt auf alles ankommen lassen.

Als ich das Universitätsgebäude verließ, schien es, als würde der Krähenschwarm den gesamten Himmel bedecken. „Oh, oh", murmelte ich. „Mach jetzt nichts Falsches, bleib bloß in deiner Strickjacke, Geist." Eine junge Studentin mit langen blonden Haaren, die gleichzeitig mit mir das Gebäude verlassen hatte, sah mich misstrauisch an. Ich ignorierte sie und ging, so schnell ich konnte, zu meinem Fahrrad. Ohne zu rennen, das wäre auffällig gewesen. Mein Herz klopfte wie wild. Einige Menschen blieben stehen, um den Krähenschwarm zu bewundern. „Das machen sie hier jeden Abend", erklärte ein Student mit roter Mütze seinem Nebenmann. „Komm, lass uns weitergehen." Hastig bestieg ich mein Fahrrad und radelte los. Es gab wirklich solche Plätze, an denen sich die Krähen im Herbst und Winter jeden Abend sammelten. Der Vorhof der Universität mit seinen alten Linden und Kastanien lud natürlich dazu ein. Aber mir war das bisher nicht aufgefallen. Nun gut, vielleicht war ich auch immer zu den falschen Zeiten hier gewesen. Vor Aufregung etwas kurzatmig trat ich so fest wie möglich in die Pedale. Ich hoffte wirklich, dass mein Geist ruhig Blut behielt. Bisher schien er sich jedenfalls nicht zu zeigen, denn die Krähen schenkten mir keine Beachtung. Irgendwann war ihr krahen und knorzen hinter mir verschwunden. Beim Fluss war nichts mehr von ihnen zu sehen. Erleichtert hielt ich auf der Mitte der Brücke an, um kurz zu verschnaufen. Da sah ich drei der schwarzen Vögel über mir. Sie riefen und landeten auf einem Baum auf der anderen Seite des Flusses. Ich fluchte. Wurde ich verfolgt oder flogen sie einfach so hier herum? Auf die Entfernung konnte ich nicht sehen, ob mir welche von ihnen bekannt vorkamen.

Als ich am Hotel ankam, war es schon fast dunkel. Ich war fix und fertig, verschwitzt und außer Atem. So derangiert war ich hier noch nie aufgetaucht. Der Portier warf mir trotzdem seinen üblichen, billigenden Blick zu. Außer mir war niemand in der Lobby. Ich ließ mich auf einen der Ledersessel fallen. Es roch schwach nach Jean Barth, so als wäre Gröbert vor Kurzem hier gewesen. Ich wühlte in meinem Rucksack und zog die Strickjacke heraus. Was sollte ich jetzt tun? Sie ausschütteln? Das kam mir unhöflich vor. Unentschlossen legte ich sie neben mich auf die Sessellehne. Als ich einigermaßen wieder bei Atem war, packte ich das Spukimeter aus. Diesmal hatte ich daran gedacht. Mein Herz ging immer noch zu schnell, es machte keinen Sinn. Endlose Minuten später war ich endlich ruhig genug, ich justierte das Gerät und zog den Kopfhörer über die Ohren.

Deutlich hörte ich zwei Herzschläge: Den vertrauten von Gröbert und den flatterhaften des Geistes aus Professor

Aftershaves Büro. Es hatte also funktioniert! Neugierig und zufrieden starrte ich in die Luft, wo sich Gröbert und die unbekannte Entität wahrscheinlich soeben einander vorstellten. Mochten oder verabscheuten sie sich? Ich konnte es nicht erraten.

„Aber hallo, guten Abend!" Der Traumapsychologe stand neben mir, seinen grauen Trenchcoat im Arm haltend. „Darf ich Sie auf einen Kaffee und ein Stück Kuchen einladen?"

Ich wollte entsetzt ablehnen, merkte aber just in diesem Moment, dass ich großen Hunger hatte. „Hmhmm." Ich nickte unkoordiniert und folgte ihm ins Restaurant des Hotels, während er freudig vor sich hin redete. Hier war ich noch nie gewesen, ich hatte das Restaurant bisher nur von außen gesehen. Auf den rosa schimmernden Tischdecken waren spitze weiße Serviettensegel drapiert. Die Bedienung begrüßte uns freundlich, den Psychologen schien sie schon zu kennen. Sie führte uns zur Kuchentheke, wo ich das dekadenteste Stück Sahnetorte wählte, das ich erspähen konnte.

Wenig später dampfte Earl Grey vor mit in einem Kännchen. Ich hoffte, dass Gröbert mich jetzt nicht verachtete, weil ich mich von diesem Typen einladen ließ. Ich hoffte ebenso, dass der Traumapsychologe bald wieder abreisen würde, denn wie mir gerade aufging, hatte er ja nun noch viel mehr die gefühlte Berechtigung, mich in Gespräche zu verwickeln. Genauer gesagt, auf mich ein zu monologisieren. Ich kam selbst gar nicht zu Wort, was mich aber auch nicht weiter störte. Umso besser konnte ich mich auf den Kuchen konzentrieren und meine eigenen Gedanken verfolgen, die noch um den übergesiedelten Geist und meinen Freund kreisten.

Irgendwann bemerkte ich, dass mein Gegenüber verstummt war.

„Glauben Sie eigentlich, dass sich der Geist eines Menschen aufspalten kann, wenn er etwas Schlimmes erlebt?", fragte ich.

„Ja, natürlich." Er sah mich ernst an. „Das nennt man Dissoziation. Im normalen Leben kennen Sie das vielleicht, wenn Sie eine alltägliche Tätigkeit verrichten. Eine Tablette nehmen zum Beispiel, die Sie jeden Tag einnehmen müssen. Dann können Sie sich hinterher vielleicht gar nicht erinnern, wie es heute war oder ob Sie es heute oder gestern um diese Uhrzeit gemacht haben. Genau diesen Mechanismus nutzt die Psyche, um unliebsame Inhalte vor dem Alltagsbewusstsein zu verbergen, vereinfacht ausgedrückt. Im Extrem kann es bis dahin kommen, dass sich unterschiedliche Persönlichkeiten innerhalb eines Menschen ausbilden, die unterschiedliche Erinnerungen tragen und auch verschiedene Dinge wollen."

„Das ist ja unheimlich."

„Jetzt denken Sie nicht, diese Menschen seien Monster. So ist es nur im Kino. Da laufen sie dann herum und sind Massenmörder. Nein, in Wirklichkeit sind das meistens ganz harmlose Menschen, die sich nichts lieber wünschen, als einen Job und ein normales Leben zu haben."

Kann jemand so einen abgespaltenen Persönlichkeitsanteil auch an einem Ort zurücklassen, fragte ich mich, während ich den Rest der Sahnetorte möglichst langsam auf meiner Zunge zergehen ließ und der Traumapsychologe über einen ehemaligen Patienten eines Kollegen referierte. Dann verabschiedete ich mich relativ abrupt. Nachdenklich fuhr ich nach Hause. Die Krähen schliefen längst irgendwo.

Thank you!

Diese Geschichten zu schreiben hat sehr viel Spaß gemacht. Danke an alle, die den Spaß mit mir geteilt haben! Meine Freitags-Schreibgruppe war ganz vorne mit dabei, sowie Marek, der mich enorm ermutigt hat und Peet Thesing, der ich schon eine Fortsetzung versprechen musste.

Vielen Dank an alle, die Korrektur gelesen und ihre Eindrücke beigesteuert haben: Peet, Julie, die einen Blick für plötzliche Ortswechsel bewies, Rike Lorenz mit ihrem Gespür für Worldbuilding und Tajem, dier geduldig überflüssige Kommata und zweifelhafte Rechtschreibung anmerkte.

Danke T., dass du so nah an meiner Seite bist, danke dass du dich von meinen Geistern nicht hast abschrecken lassen, danke für die warme Nähe und den Support für meine Schreiberei.

Last but not least, danke an die qf_lit Literaturgruppe für den regelmäßigen, spannenden Austausch übers Schreiben! Und an alle, die dieses erste kleine Buch, das ich so richtig in die Welt lasse, gelesen haben.

Eine vierte Geschichte mit der Geisterjägerin ist in der 12. Ausgabe des fabulösen Magazins Queerulant_in zu finden.

Sehr viel Spaß hatte ich auch beim Lesen von Elektro Krause von Patricia Eckermann, ich empfehle den Roman umgehend im Anschluss zu lesen. Auch hier wäre eine Fortsetzung nice!

Content Notes

Für „Wie spukt es in diesem Haus"

Toxische Männlichkeit, Machtmissbrauch, Sexuelle Beziehung zwischen Therapeut und Klientin, eheliches Entitlement auf den Körper einer anderen Person zum Zwecke der Fortpflanzung, ungewollte Kinderlosigkeit, Tod einer nahestehenden Person, Trauer, Alkohol (Sucht)

Für „Muffins und Musik"

Versehentliche Drogeneinnahme, Cannabis, Rausch, Genitalien, einvernehmlicher Sex (evtl. fragwürdiger Konsens wg Drogeneinnahme)

Für „Eine Frage der Loyalitäten"

Sexualisierter Gewalt, konkrete Übergriffigkeit, Trauma / Dissoziation, Genitalien, Ciszentrismus/Transmisogynie, Pathologisierung, Alkohol (casual Biertrinken)